Zwanzig Sekunden Ewigkeit

Thriller

von
Siegfried Langer

Über den Inhalt:

Alex erwacht.

Es ist bitterkalt.

Ein Kühlraum für Leichen, stellt sie entsetzt fest.

Verzweifelt hämmert sie an die Tür und schreit um Hilfe.

Aber niemand hört sie.

Was ist passiert? Sie kann sich an nichts erinnern.

Hat man sie für tot gehalten?

Oder entführt und hier eingesperrt?

Als sich die Tür schließlich öffnet, wird ihre Verwirrung noch größer, denn in diesem mysteriösen Haus ist nichts, wie es scheint.

Nach und nach tauchen rätselhafte Bruchstücke aus ihrer Vergangenheit auf und Alex versucht, die Puzzleteile an die richtigen Stellen zu legen.

Doch je vollständiger das Bild wird, desto mehr zweifelt sie an ihrem Verstand.

Und sie wünscht sich immer mehr, dass alles vergessen bliebe ...

Über den Autor:

Siegfried Langer wurde 1966 in Memmingen geboren und ist 2014 - nach 18 Jahren in Berlin - wieder in seine Heimatstadt zurückgekehrt.

Reihe um Sabrina Lampe und Niklas Steg:
'Leide!' (Self Publishing / MVG, 2014)
'Vergelte!' (Amazon Publishing, 2015)
'Berlin Ripper' (Self Publishing, 2016)
Jeder Roman ist in sich abgeschlossen und kann unabhängig von den anderen gelesen werden.

Weitere Thriller:
'Sterbenswort' (Ullstein Verlag, 2012; Neuauflage Amazon Publishing, 2016)
'Nachschlag' (U-line Verlag, 2013; Neuauflage Self Publishing, 2015)
'Vater, Mutter, Tod' (Ullstein Verlag, 2011)
'Alles bleibt anders' (Atlantis Verlag, 2008)

Nähere Infos zum Autor und seinen Romanen finden Sie auf www.siegfriedlanger.de

© 2016 by
Siegfried Langer
Freudenthalstr. 35
87700 Memmingen
www.siegfriedlanger.de
mail@siegfriedlanger.de

Lektorat:
Monika Reichert

Titelbild und Typographie:
Mike Beuke
(unter Verwendung eines Bildes
von „Katarzyna Biasiewicz" via 123rf.com)

Konvertierung:
Mike Beuke
www.coolcad.de

Herstellung und Verlag
BoD – Books on Demand, Norderstedt

ISBN 978-3-7448-3919-8

„Ich denke, also bin ich."
(René Descartes)

I. Teil

Dementia?

1. Kapitel

Alex erwachte.

Sie spürte, dass sie auf etwas Kaltem ruhte. Auch die Raumtemperatur lag deutlich unterhalb ihres Wohlfühlbereichs. Sie fröstelte.

Verunsichert öffnete sie die Augen, doch um sie herum herrschte Dunkelheit.

Wo, um alles in der Welt, befand sie sich?

Mit ihrer Hand tastete sie nach ihrer Kleidung und stellte fest, dass sie lediglich ein dünnes, ärmelloses Kleidchen trug. Viel zu wenig für diese Kälte. Eine Decke hätte ihr geholfen, doch sie lag einfach so, nur mit dieser knappen Bekleidung, auf einer glatten Oberfläche.

Als sie den Kopf drehte, entdeckte sie einen kleinen, roten Kreis, der schwach leuchtete.

Ob es sich dabei um einen Lichtschalter handelte?

Sie war ungeübt darin, Entfernungen abzuschätzen, und streckte versuchshalber den Arm aus.

Es schmerzte. So, als ob sie ihn lange Zeit nicht bewegt hätte. Und er war zu kurz. Es blieb ihr nichts anderes übrig, als zu versuchen, hinüber zu gehen.

Ihr gesamter Körper fühlte sich starr an; als habe sie überall Muskelkater. Leise stöhnend gelang es ihr, sich aufzusetzen. Ihre Beine baumelten, erreichten aber keinen Boden.

Sie wagte den Sprung und landete nach wenigen Zentimetern auf etwas ebenfalls Kaltem. Erst jetzt wurde ihr bewusst, dass sie barfuß war. Sie schüttelte sich. Mit den Zehen erfühlte sie Fugen und vermutete quadratische Fliesen unter sich.

Auf unsicheren Beinen schwankte sie vorwärts, bis sie den roten Punkt erreichte.

Tatsächlich: ein Knopf. Sie drückte darauf. Ein paar Sekunden lang flackerte das Licht, dann blieb es konstant und erhellte die Örtlichkeit.

Alex sah, dass sie in einem etwa zwanzig Quadratmeter großen Raum stand, die Wände im gleichen Grauton gestrichen, den die Bodenfliesen hatten. Kein einziges Fenster. In der Mitte stand ein zwei Meter langer Tisch aus Edelstahl. Auf der ihr gegenüberliegenden Seite sechs überdimensionierte Schubladen, ebenfalls aus Metall und ins Mauerwerk eingelassen: drei nebeneinander, darunter eine weitere Reihe mit der gleichen Anzahl. Sie standen alle leicht geöffnet. An der rechten Wand ein Spind, an der linken ein Waschbecken.

Sie bemerkte, dass sich neben dem Lichtschalter eine Tür befand. Vorsichtig drückte sie die Klinke nach unten. Zu Alex' Leidwesen war sie verschlossen. Sie bückte sich und spähte durchs Schlüsselloch: alles dunkel.

Erneut musterte sie die Schubladen.

Leichen, fuhr es ihr durch den Kopf, hier werden Leichen aufbewahrt!

Sie ängstigte sich sehr vor dem, was sie in den Schubladen vorfinden würde, und doch übten diese einen Sog aus, dem sie sich nicht widersetzen konnte. Immer noch quälte sie jede Bewegung und so ging sie in kleinen Schritten um den Tisch herum.

Ihr Herz schlug schneller, aber sie nahm allen Mut zusammen und zog eine der sechs auf. Es quietschte leise, als das Metall der Schublade an dem der Führungsschiene rieb.

Leer.

Aber sie schien Alex tatsächlich groß genug, um einen menschlichen Körper darin zu lagern.

Sie widmete ihre Aufmerksamkeit den fünf anderen und stellte aufatmend fest, dass sich auch dort niemand befand.

Als sie sich umsah, entdeckte sie, dass unterhalb des Tisches etwas auf dem Boden lag, ebenfalls grau, wie die Fliesen. Ihre Muskeln taten weh und der Schmerz ließ sie aufstöhnen, während sie sich neugierig nach dem Gegenstand bückte und ihn aufhob. Er entpuppte sich als ein handtellergroßes Pappkärtchen, an dessen einer Ecke ein Draht befestigt war.

Blutstropfen klebten darauf, die einen Teil des Textes unleserlich machten:

Alex***** Wilke
Geb. 24.11.1982
Gest. **********

Ja, sie war Alexandra Wilke.

Aber sie war doch noch am Leben!

Hatte man sie für tot gehalten und hier unten aufgebahrt?

Das Kärtchen musste sie verloren haben, als sie vom Tisch gesprungen war. Vermutlich war es um ihren großen Zeh gebunden gewesen.

Immer wieder gab es Fälle von Scheintoten.

Nun war ihr so etwas passiert?

Oh, nein!

Sie musste unbedingt auf sich aufmerksam machen!

Ihr Körper verweigerte immer noch den Gehorsam. Ihr Kampf ums Gleichgewicht zwang sie, sich langsam zu bewegen. Sie wollte zurück zur Tür und schließlich erreichte sie ihr Ziel, ohne zu stolpern.

Mit ihren Fäusten schlug sie dagegen. Und sie schrie.

"Hallo?"

"Hört mich jemand?"

"Ich lebe!"

Abgesehen davon, dass ihre Stimme im Raum

widerhallte, blieb ihre Aktion ergebnislos.

Sie hämmerte weiter. Bis ihre Fäuste schmerzten.

Sie rief weiter. Bis sie außer Atem war.

Dann sackte sie kraftlos vor der Tür zusammen.

2. Kapitel

Mit dem Rücken lehnte Alex an der Tür.

Sie holte tief Luft und überlegte.

Falls sie dich für tot gehalten haben, dachte sie, würden sie dich sicher nicht sehr lange hier herumliegen lassen.

Und: Falls sie in den Schubladen tatsächlich Leichen aufbewahrten, so müssten sie diese dort auch kühlen können.

Sie streckte den Kopf, um über den Tisch hinwegzusehen.

Tatsächlich, jetzt entdeckte sie ein Control-Panel neben den Schubladen. Damit, vermutete sie, konnte man die Temperatur einstellen.

Sicherlich würde also bald jemand auftauchen, um ihren vermeintlich toten Körper hinüberzutragen und hineinzulegen.

Nur eine Frage der Zeit.

Bis jemand kam, so entschloss sie sich, könnte sie sich den Spind näher ansehen.

Sie stand auf und bemerkte zufrieden, dass sie sich inzwischen schon etwas besser auf den Beinen halten konnte.

Mist!

Ein Zahlenschloss hing an der Spindtür.

Vier Stellen hatte es, das hieß 10.000 Möglichkeiten für die richtige Kombination, 0-0-0-0 bis 9-9-9-9.

Zufrieden registrierte sie, dass das logische Denken funktionierte.

Wie sie wusste, neigten die meisten Menschen dazu, einfache Zahlenmuster zu wählen: 1-2-3-4, 0-0-0-0, 1-1-1-1, 2-2-2-2.

Kein Erfolg.

Sie probierte die jeweils vier gleichen Ziffern bis 9-9-9-9.

Auch nichts.

Dann 0-8-1-5, 4-7-1-1.

Wieder kein Klicken.

Mist. Mist. Mist.

Was gab es noch für häufige Ziffernkonstellationen?

Ihr fielen keine mehr ein und sie versuchte, den Bügel so herauszuziehen.

Ein sinnloses Unterfangen.

Manchmal benutzten die Leute auch ihr Geburtsdatum, um ein Zahlenschloss zu sichern. Wusste man, wann der Inhaber des Schlosses Geburtstag hatte, war es ein Leichtes, es zu öffnen.

Spaßeshalber drehte sie die Zahlen, bis ihr eigenes Geburtsdatum zum Vorschein kam: 2-4-1-1.

Was war das denn?

Sie glaubte, das erlösende Geräusch gehört zu haben.

Hatte das Datum für den Inhaber des Spinds etwa ebenfalls eine spezielle Bedeutung? War er gar am selben Tag geboren worden wie sie selbst?

Was für ein Zufall!

Auf den Inhalt des Spinds war sie sehr neugierig, doch jetzt fühlte sie sich plötzlich wie eine Diebin. Vorsichtig blickte sie sich um.

Aber wer hätte sie schon beobachten sollen?

Die Zimmertür war nach wie vor geschlossen.

Und hineinsehen könnte sie ja mal ...

Mit einem lauten Quietschen öffnete sie die Spindtür, das unangenehme Geräusch schmerzte in ihren Ohren.

Vielleicht hörte das jemand von draußen und kam nun, um nach dem Rechten zu sehen?

Sie blickte hinein.

Zwei Kleiderbügel hingen darin, an jedem ein Kleidungsstück.

Ein fliederfarbenes Sweatshirt und eine blaue Jeans.

Alex wunderte sich; sie hatte eher mit einem Arztkittel oder etwas Ähnlichem gerechnet.

Als sie sich das Sweatshirt genauer ansah, konnte sie sehr schnell ein Motiv auf der Vorderseite identifizieren: Dornröschen im innigen Tanz mit ihrem Prinzen. Als kleines Mädchen hatte sie diesen Märchenfilm von Walt Disney geliebt. Wie oft sie ihn gesehen hatte, wusste sie nicht. Sicher einige Dutzend Male.

Alex spürte, dass es ihr kalt den Rücken hinablief, denn sie hatte damals exakt das gleiche Sweatshirt besessen.

Guckten die Kinder von heute noch klassische Märchen wie Dornröschen?

Und vor allem: Welcher Erwachsene trug so ein Kleidungsstück?

Denn das Sweatshirt war zweifellos nicht für ein Kind. Alex vermutete, dass es sich um ihre eigene Konfektionsgröße handeln könnte.

Ihr Erstaunen hielt an: Auch die Jeans kam ihr bekannt vor. So eine war damals, im Alter von zwölf Jahren, ihre erste Markenjeans gewesen. Sie konnte sich noch genau daran erinnern, wie sehr sie seinerzeit ihre Mutter gegängelt hatte, genau so eine zu bekommen, und wie lange es gedauert hatte, bis ihre Mutter endlich eingeknickt war.

Sie besah sich die Zahlen im Bund: exakt ihre heutige Größe.

Ob sie mal hineinschlüpfen sollte?

Schließlich fror sie. Und sie lieh sie sich ja nur aus. Sie konnte ja nichts dafür, dass man sie hier versehentlich eingeschlossen hatte.

Sie zog die Jeans an und sie passte perfekt.

Das Sweatshirt würde sie sicher auch wunderbar wärmen.

Sie tauschte ihr graues Kleidchen dagegen ein und entdeckte nun weitere Kleidungsstücke am Boden des Spinds: rote Hausschuhe und rot-blaue Ringelsocken.

Sie nahm sie ebenfalls heraus und zog sie an: Viel besser als die kalten Fliesen unter ihren Füßen.

Irgendwie kam sie sich albern vor, nach all den Jahren wieder Dornröschen auf ihrer Brust zu tragen.

Aber egal, es sah sie im Moment ja niemand.

Ein Spiegel wäre nicht schlecht.

War nicht über dem Waschbecken einer gehangen?

Sie drehte sich und entdeckte zu ihrer großen Überraschung, dass die Zimmertür offenstand.

3. Kapitel

Alex lauschte.

Kein Laut. Nichts.

Die Tür war vorhin definitiv geschlossen gewesen – und abgesperrt.

Sie hätte es hören müssen, wenn sie jemand entriegelt hätte.

Allerdings war sie mit dem Anziehen beschäftigt gewesen. Hatte der oder die Unbekannte exakt in dem Augenblick den Schlüssel herumgedreht, als die Spindtür beim Öffnen gequietscht hatte?

Er oder sie müsste noch in der Nähe sein.

"Hallo?", fragte sie leise. "Ist da jemand?"

Doch niemand antwortete ihr.

Sie wiederholte die Fragen etwas lauter, mit dem gleichen Ergebnis.

Spielte da jemand Verstecken mit ihr?

Bisher war sie von einem Missverständnis ausgegangen. Man hatte sie für tot gehalten und hier in diesem Kühlraum aufgebahrt.

Aber was, wenn sie jemand absichtlich hierher gebracht hatte? In bestem Wissen, dass sie noch lebte.

Ein Entführer!

Aber warum hatte er sie ausgezogen und ihr das Namenskärtchen um den Zeh gebunden?

Was für ein kranker Mensch musste das sein!

Ob er sie auch …?

Als sie nackt vor ihm lag?

Nein, das glaubte sie nicht. Sie war sich sicher, dass sie dies noch spüren würde.

Sein Interesse musste ein anderes sein: Spielte er ein seltsames Spiel mit ihr?

"Geben Sie nur acht!", rief sie nun, mit mehr Selbstbewusstsein, als sie sich zugetraut hätte. "Ich habe den schwarzen Gürtel in Karate."

Kamae, Shizentai, Kokutsu-dachi.

Die Begrifflichkeiten fielen ihr ein, mitsamt der dazugehörigen Stellungen. Auch das Gedächtnis funktionierte also.

Sie knickte die Finger ein und streckte sie, wieder und wieder. Dann ein paar Kniebeugen. Allmählich verringerten sich die Verspannungen.

Beherzt ging sie auf die Tür zu und brachte sich in Kampfstellung. Falls dort draußen jemand war, so stand er in der Dunkelheit, jenseits des Lichtkegels, den die Deckenlampe warf.

Die Tür führte in einen Gang hinaus, Alex konnte gegenüber eine weitere Tür erkennen, links eine Wand, die andere Richtung verlor sich im Dunkeln.

Da musste er stehen, rechts. Und da würde er auf sie lauern.

Sie sprang in den Gang und boxte noch im Sprung auf die Stelle, an der jemand seinen Kopf haben müsste, wenn er sich neben der Tür versteckt hielt.

Aber sie schlug ins Leere.

Langsam gewöhnte sie sich an das Dämmerlicht und konnte etwas mehr erkennen: niemand zu sehen.

Entweder der Unbekannte war längst verschwunden oder er versteckte sich weiter hinten in der Finsternis.

Aus den Augenwinkeln heraus sah sie etwas Rotes.

Da: ein weiterer Lichtschalter.

Sie drückte drauf. Wieder flackerte es ein paar Sekunden, ehe es endgültig hell wurde.

Der Gang endete an einer Treppe, die nach oben führte. Die Stufen kamen ihr bekannt vor, doch sie konnte sich nicht erinnern, wo sie sie schon einmal gesehen hatte.

Etwas knisterte.

Das Geräusch kam von der anderen Seite der Tür.

Natürlich! Da hinein musste der Unbekannte verschwunden sein! Er hatte ihre Tür geöffnet und war dann schnell gegenüber durch die andere gehuscht und hatte sie leise hinter sich geschlossen.

Sie zwang sich dazu, ruhig und besonnen zu bleiben.

Auch an dieser Tür befand sich ein Schlüsselloch.

Sie beugte sich hinab und blickte hindurch.

Der Raum war hell beleuchtet.

Eine Badewanne stand darin, bis zum Rand mit dampfendem Wasser gefüllt.

Daneben eine dicke, grauhaarige Frau. Sie trug ein weißes Oberteil mit einem roten Symbol darauf, das Alex nicht so richtig erkennen konnte. Außerdem hielt sie einen Gegenstand in der Hand, den sie just in diesem Moment über die Wanne führte. Er machte ein surrendes Geräusch.

Worum handelte es sich dabei?

Endlich konnte Alex das Objekt identifizieren: ein Fön.

Die Frau wollte doch nicht etwa den eingeschalteten Fön in die volle Badewanne …?

Doch die Frau drehte sich nun um und ihr Blick traf den von Alex.

Gerade so, als wüsste sie, dass sie jemand durchs Schlüsselloch beobachtete.

Die Hand mit dem Fön immer noch über dem Wasser, streckte sie Alex nun die andere entgegen.

Mit dem Zeigefinger machte sie eine Bewegung, als wolle sie Alex heranlocken, genau wie es die Hexe im Märchen mit Hänsel vor dem Knusperhäuschen getan hatte.

Alex schwanden die Sinne.

4. Kapitel

Wieder lag sie und fühlte die Kälte von Metall unter sich.

Und wieder war alles dunkel um sie herum.

Sofort erinnerte sie sich an die dicke Frau aus dem gegenüberliegenden Raum.

War sie ihre Entführerin?

Hatte sie sie wieder zurück hierher getragen und auf den Tisch gelegt?

Kräftig genug schien sie Alex zu sein, doch warum hätte sie dies tun sollen?

Alex war kalt und sie bemerkte nun, dass sie wieder das dünne Kleidchen trug.

Wie? Man hatte sie umgezogen?

An der großen Zehe ihres rechten Fußes spürte sie etwas.

Die Frau hatte ihr auch das Kärtchen wieder um die Zehe gebunden?

Was sollte das?

Welches perfide Spiel trieb sie hier mit ihr?

Sie streckte sich und setzte sich auf.

Lange konnte sie nicht gelegen haben, denn dieses Mal quälten sie keine Verspannungen.

Wenn nur diese elende Kälte nicht wäre!

Ob Sweatshirt und Jeans wieder im Spind hingen?

Vorsichtig setzte sie einen Fuß vor den anderen, schritt zum Lichtschalter und drückte darauf.

Es flackerte, wie vorhin.

Der Raum sah genauso aus, wie sie ihn von ihrem ersten Erwachen kannte, die Zimmertür und der Spind waren wieder geschlossen.

Sie ging zum Zahlenschloss und drehte die Ziffern, bis erneut ihr Geburtsdatum erschien.

Es klickte.

Warum?, fragte sich Alex. Warum hatte die Frau die Kombination nicht verändert?

Fahrlässigkeit oder Absicht?

Rasch schlüpfte sie in die Kleidung und kehrte zurück zur Tür.

Sie drückte die Klinke und stellte fest, dass die Tür unverschlossen war.

Das roch geradezu nach einer Falle!

Alex besann sich darauf, dass sie Karate beherrschte. Mit der dicken Frau würde sie schon fertig werden.

Sofern diese keine Waffe hatte.

Oder einen Komplizen.

Vorsichtig öffnete sie die Tür und spähte in den Flur hinaus: alles schien unverändert.

Sie schaltete das Ganglicht ein.

Erneut hörte sie das Geräusch des Föns aus dem gegenüberliegenden Zimmer.

Das Schlüsselloch zog sie magisch an.

Sie konnte nicht anders, sie musste einfach ein weiteres Mal hindurchsehen: Die dicke Frau saß nun in der Wanne, bis zum Hals im dampfenden Wasser. In der Rechten hielt sie wieder den Fön. Jetzt blickte sie genau zu Alex und lächelte sie freundlich an. Dann ließ sie den Fön los. Er platschte aufs Wasser, das Licht flackerte und die dicke Frau zuckte mehrere Sekunden lang, ehe sie in sich zusammensackte. Ihr Kopf ragte immer noch aus dem Wasser, das Kinn lag auf dem Wannenrand auf.

Alex konnte den Blick nicht lösen. Sie spürte, wie sich die Härchen auf ihren Armen aufstellten. Als wäre etwas von dem Strom auch durch ihren eigenen Körper geflossen.

Plötzlich öffnete die Frau die Augen und sah wieder zu ihr.

Ihre Lippen formten ein Wort: "Komm!"

Doch Alex wollte nicht.

Nein, sie wollte nicht in diesen Raum! Es graute ihr davor.

Endlich gelang es ihr, sich vom Schlüsselloch zu entfernen.

Sie erhob sich aus der Hocke und hörte, dass eine Tür geöffnet wurde. Das Geräusch kam aus Richtung der Treppe.

"Alexandra?"

Ein Mann rief sie und sie erkannte die Stimme.

"Alexandra?"

Das konnte nicht sein!

"Bist du da unten?"

Sie hörte ihren Vater.

Ihren Vater, der vor wenigen Wochen verstorben war.

5. Kapitel

Alex' Vater stand am oberen Ende der Treppe und sah streng zu ihr hinab.

"Komm mal schön herauf, Fräulein."

Sie zögerte. Sie wusste, wenn ihr Vater das Wort 'Fräulein' gebrauchte, dann war er sauer.

Schließlich setzte sie – das Haupt gesenkt – ihren Fuß auf die unterste Treppenstufe.

Aber halt!

Was passierte hier?

Sie war eine erwachsene Frau, eben in einem Kühlraum für Leichen erwacht.

Jetzt stand ihr totgeglaubter Vater über ihr und sprach mit ihr wie mit dem kleinen Mädchen, das sie früher gewesen war.

Während sie sich langsam nach oben bewegte, erkannte sie endlich, woran die Treppe sie beim ersten Anblick erinnert hatte: Sie sah exakt so aus wie die in ihrem Elternhaus.

Und die dritte Stufe knarzte. Genau wie damals.

"Deine Mutter hat mir alles erzählt, was vorgefallen ist. Was ist nun? Wird's bald?"

"Ja, Papa", hörte sie sich leise und reumütig sagen. Mit der Stimme eines Kindes.

Sie ließ sich viel Zeit dabei, nach oben zu gelangen.

Als sie auf dem obersten Treppenabsatz ankam, bemerkte sie, dass sie ihrem Vater nicht einmal bis zur Brust reichte, und sie wagte es nicht, nach oben in seine Augen zu sehen.

"In die Küche!", befahl er.

Sie blickte sich um und erkannte, dass sie sich tatsächlich in dem Haus befand, in dem sie aufgewachsen war.

Rechts ging es ins Wohnzimmer, geradeaus zur Treppe in den ersten Stock, links in die Küche. Dorthin wandte sie sich und setzte sich auf einen Stuhl am Esstisch. Ihre Beine baumelten nach unten, wie vorhin von dem Edelstahltisch.

War dieser Esstisch nicht entsorgt worden, nachdem Papa verstorben und der Haushalt aufgelöst worden war? Aber es wirkte alles so wie früher.

"Jetzt erzähl mir mal schön, was heute auf dem Nachhauseweg von der Schule passiert ist."

Alex stierte auf die Kiefernholzmaserung der Tischplatte und biss sich auf die Unterlippe.

"Ich möchte, dass du mir antwortest, Fräulein. Mit Mama wolltest du ja nicht reden."

Sie schmeckte Blut.

"Du machst es damit nur schlimmer!"

Was sollte sie sagen?

Sie wusste nicht, was er meinte.

"Und sei gewarnt: Frau Boose hat uns alles erzählt. Es nutzt dir überhaupt nichts, wenn du mir Lügen auftischst."

Frau Boose …

Frau Boose …

Natürlich! Jetzt erinnerte sich Alex an sie: Als Kinder hatten sie sie immer 'Frau Böse' genannt. Alex und ihre Freundin Jasmin mussten auf dem Schulweg genau an ihrem Haus vorbei und es verging kaum ein Tag, an dem Frau Boose nicht ihren Kopf zum Fenster herausstreckte und die Kinder wegen irgend etwas belehrte oder beschimpfte.

"Wehe, ihr spuckt eure Kaugummis in meinen Garten!"

"Müsst ihr mit dem Stock an meinem Gartenzaun entlangrattern?"

"Schaut mich nicht so frech an!"

"Also, wenn ihr meine Kinder wärt, dann dürftet ihr nicht so herumlaufen. Früher herrschte in diesem Land noch Zucht und Ordnung!"

Alex war seit langem klar, dass ihre Eltern Frau Boose ebenfalls nicht leiden konnten und eigentlich zu ihr hielten.

Warum also zog sie ihr Vater gerade zur Rechenschaft? Was sollte sie angestellt haben?

"Ich höre ..."

"Ich kann mich nicht genau erinnern", flüsterte sie leise.

"Nicht erinnern. Wie oft willst du noch mit so einer Ausrede kommen? Möchtest du dich wieder auf eine Gedächtnislücke berufen?"

Alex konnte nicht anders, als sich schuldig zu fühlen. Doch wofür?

"Oder auf deinen imaginären Freund Peter?"

Peter ...

Peter ...

Irgend etwas klingelte in ihr, als sie den Namen hörte. Hatte es Peter wirklich gegeben oder hatte sie ihn sich nur eingebildet? Sie wusste es nicht mehr.

Ihr Vater schien jedenfalls von zweiterem überzeugt zu sein.

"Ich sage nur: Sonnenblumen!", fuhr er fort. "Na, fällt es dir wieder ein?"

Ach ja, die Sonnenblumenkerne für ihre Großmutter.

"Aber die Sonnenblumen von Frau Boose waren doch schon am Verblühen, die Kerne lagen am Boden herum. Ich habe sie eingesammelt. Für Oma. Sie füttert am Balkon doch immer die Spatzen."

"Frau Boose hat eine andere Geschichte erzählt. Du hättest dich gestern über den Gartenzaun gebeugt und die Kerne aus den Blüten geklaut. Und als sie dich zurechtgewiesen hat, hast du ihr die Zunge herausgestreckt."

Letzteres stimmte, ersteres nicht.

"Ich habe nur die vom Boden eingesammelt. Die draußen auf dem Gehweg lagen. Das darf man doch. Das hast du mir gesagt."

"Die auf dem Boden, ja. Die aus dem Garten, nein."

"Aber da war ich nicht dran!"

"Und heute auch nicht?"

"Was meinst du?"

"Heute, auf dem Nachhauseweg von der Schule warst du wieder bei den Sonnenblumen."

Er formulierte es als Feststellung, nicht als Frage.

"Ich weiß es nicht."

"Ich habe dir schon mehrfach gesagt: Geh nicht dort entlang."

"Aber es ist ansonsten ein Umweg."

"Ich habe einfach keine Lust auf Streit mit den Nachbarn."

"Aber Frau Boose streitet mit allen Nachbarn."

"Und das ist Grund genug, über ihren Gartenzaun zu klettern und ihre Blumen umzuknicken und ihnen die Blüten abzureißen?"

"Was?"

"Ihre Gladiolen am Haus. Und ihre Sonnenblumen am Gartenzaun."

"Wie? Nein, das war ich nicht."

"Sie hat dich beobachtet."

"Das kann nicht sein!"

"Ich habe mir die Blumen vorhin angesehen. Willst du behaupten, dass Frau Boose lügt? Dass sie die Blüten selbst abgerissen hat?"

"Nein", sagte Alex kleinlaut.

"Also gib es einfach zu. Deine Mutter und ich werden uns eine Strafe für dich überlegen. Und je länger du leugnest, desto größer wird sie werden."

"Sie hat mich wirklich gesehen?"

"Sie sagt, sie hat beobachtet, wie du danach über den Zaun zurück auf den Gehweg geklettert bist."

"Aber dass ich es gewesen bin, die die Blumen umgeknickt hat, das hat sie nicht gesehen, oder?"

"Hör mal, Fräulein, du schleichst dich in den Garten und möchtest behaupten, dass das mit den Blumen jemand anders war? Für wie dumm hältst du mich eigentlich?"

Sie wusste nicht mehr, was sie sagen sollte. Jeder Kommentar würde es vermutlich nur noch schlimmer machen.

"Und? Gibst du es nun zu?"

"Ich kann mich nicht daran erinnern, Papa."

"Geh auf dein Zimmer. Deine Mutter und ich werden uns überlegen, welche Strafe angemessen ist."

Sie rutschte von ihrem Stuhl und schlurfte gesenkten Hauptes aus der Küche.

Warum nur fühlte sie sich schuldig?

In ihr Zimmer: Es war damals im ersten Stock des Hauses gelegen, also machte sie sich auch jetzt auf den Weg dorthin.

Doch auf der halben Treppe stand ein Junge, etwa genauso groß wie sie selbst. Sie hatte ihn noch nie zuvor gesehen und er gehörte hier nicht her.

"Tut mir leid, Alexandra."

Woher kannte er ihren Namen?

"Ich kann dich leider nicht nach oben lassen."

Und wieder wurde sie ohnmächtig.

6. Kapitel

"Hallo? Kannst du mich hören?"

Alex öffnete die Augen. Über ihr befand sich das pausbäckige Gesicht einer Frau, die sie besorgt ansah. Daneben, an der Decke, das künstliche Licht einer Leuchtstoffröhre.

Wieder lag sie. Doch diesmal spürte sie keinen Edelstahltisch unter sich, ihre Finger fühlten etwas Gummiartiges. Linoleum?

Jetzt erkannte sie zwei Männer, die ebenfalls zu ihr herabblickten. Alle drei Personen trugen Polizeiuniformen.

"Geht es wieder?"

"Ja", antwortete Alex leise der Polizistin.

"Ruf einen Sanitäter", sagte diese dann zu einem der beiden Kollegen, der sogleich aus Alex' Sichtfeld verschwand.

Alex empfand es als unangenehm, vor den Beamten auf dem Boden zu liegen. Deshalb versuchte sie aufzustehen.

"Soll ich dir helfen?"

Die Polizistin wartete Alex' Antwort nicht ab, sondern griff ihr beherzt unter die Arme.

Ich scheine nicht besonders schwer zu sein, wunderte sich Alex. Und als sie an sich herabsah, bemerkte sie, dass sie so schlank war wie zuletzt in ihrer Teenagerzeit. Auch ihre Brüste hatten noch nicht die Größe späterer Tage. Wieder trug sie ein fliederfarbenes Sweatshirt. War vorhin nicht Dornröschen darauf abgebildet gewesen?

"Mein Name ist Polizeiobermeisterin Kawelka", sagte die Beamtin und führte Alex zu einem Stuhl.

"Weißt du, wie deiner lautet?"

Prüfte sie ihr Gedächtnis?

Und warum duzte sie sie?

"Alexandra Wilke", antwortete sie und setzte sich.

Kawelka und ihr Kollege – Alex las den Namen 'Obermeier' auf seinem Brustschild - sahen sich überrascht an.

"Jetzt erinnert sie sich", kommentierte Obermeier.

"Warum sollte ich das nicht tun?", fragte Alex. Dann blickte sie umher.

"Ich befinde mich auf einer Polizeiwache", stellte sie fest. "Wieso bin ich hier? Wie bin ich hierhergekommen?"

"Was ist denn das letzte, woran du dich erinnerst?"

Der Leichenkühlraum, dachte Alex. Die dicke Frau in der Badewanne. Mein Vater. Die Moralpredigt wegen der Sonnenblumen.

Doch sie antwortete etwas anderes.

"Die Bushaltestelle." Sie sprach langsam, ließ die Situation noch einmal vor ihrem inneren Auge Revue passieren. "Ich hatte mich mit einer Freundin nach der Schule verquatscht und da ist mir der Bus vor der Nase davongefahren, obwohl ich pünktlich war. Er ist einfach zu früh los, keine Ahnung warum. Ich habe mich geärgert und dem Busfahrer hinterhergeschimpft."

"Um wieviel Uhr war das?"

Alex musste nicht lange überlegen: "Kurz nach eins. Um 12:45 Uhr endet die letzte Unterrichtsstunde."

"Jetzt ist es halb acht."

"Was?"

"Es ist 19:30 Uhr abends."

"Aber das kann nicht sein!"

Frau Kawelka deutete auf eine Glasscheibe. Dahinter befand sich eine Art Wartezimmer.

"Kennst du diese Leute?"

Ein älteres Ehepaar saß dort. Jetzt sahen sie freundlich zu ihr herüber und lächelten sie an.

"Ich habe sie noch nie zuvor gesehen", sagte Alex.

"Sie haben uns informiert."

"Worüber informiert?"

"Sie haben dich im Wald gefunden."

"Im Wald? Was soll ich denn im Wald?"

"Du hast auf einem Hochsitz gesessen."

Alex verstand überhaupt nichts mehr.

"Sie sind im Wald spazierengegangen und haben deine Stimme gehört. Du hast dich lautstark mit jemandem gestritten, aber sie haben niemanden außer dir gesehen."

"Ich war nicht im Wald", behauptete Alex.

Die Polizistin deutete auf die Ellenbogen von Alex' Sweatshirt und Alex entdeckte grüne Flecken. Sie sahen nach Moos aus.

"Herr Gmeininger ist nach oben geklettert und hat dich angesprochen, aber du hast nicht darauf reagiert. Er meint, du hättest irgendetwas Wirres erzählt, der Name 'Rumpelstilzchen' sei gefallen. Das kam ihm seltsam vor und er hat die Polizei gerufen."

Was passierte hier gerade?

Alex kam sich vor, als wäre sie die Hauptperson eines Films, von dem sie das Drehbuch nicht kannte.

"Als ich dann zu dir hochgeklettert bin", fuhr die Polizistin fort, "hast du mit mir ebenfalls nicht gesprochen. Du warst wie in Trance. Ich habe lange auf dich eingeredet. Schließlich bist du mir gefolgt und auch ins Polizeiauto eingestiegen. Hier bist du dann zusammengebrochen. Ein Schwächeanfall. Hattest du so etwas schon öfter? Bist du in psychologischer Behandlung?"

Die Sonnenblumen, dachte Alex, als ich noch ein Kind war, vor wenigen Minuten. Und einige weitere Erinnerungslücken ...

Sie antwortete nicht.

"In deiner Schultasche haben wir deine Adresse gefunden und deine Eltern angerufen. Sie müssen in wenigen Minuten hier sein. Sie haben sich schon große Sorgen gemacht."

Ein Sanitäter betrat das Zimmer.

"Wie geht es dir?", fragte er.

"Ich weiß nicht."

"Möchtest du mich hinüber in den Sanitätsraum begleiten? Ich würde dich gerne untersuchen."

Alex zuckte mit den Schultern. "Warum nicht?"

Während sie aufstand und ihm folgte, fiel ihr ein, wie alt sie war.

Siebzehn Jahre.

Aber nein, sie müsste eigentlich fast doppelt so alt sein.

Sie erinnerte sich daran, dass sie kürzlich ihren dreiunddreißigsten Geburtstag gemeinsam mit Freundinnen gefeiert hatte: Selma, Julia und Vera.

Die drei hatten sie in ein Wellnesshotel eingeladen.

Nach ...

Nach ...

Es wollte ihr nicht einfallen. Genauso wenig wie der Name des Hotels.

Nur bei den Namen ihrer Freundinnen war sie sich sicher.

Der Sanitäter ging neben ihr den Gang entlang.

"Alles okay?", fragte er.

Sie nickte.

"Bitte, tritt ein", sagte er, als sie an einer offen stehenden Tür ankamen. Auf einem kleinen Schild rechts der Tür, auf Augenhöhe, konnte sie das Wort 'Sanitätsraum' lesen.

Sie machte einen Schritt vorwärts und – stand wieder in dem Leichenkühlraum. Ihr wurde schlagartig kalt.

Wie war das passiert?

Gerade eben war sie doch noch in der Polizeidienststelle

gewesen!

Als sie sich umdrehte, starrte sie geradewegs auf die gegenüberliegende Tür, hinter der sich das Badezimmer mit der dicken Frau befand. Der Sanitäter hatte sich in Luft aufgelöst.

Sie lief um den Edelstahltisch herum und sah sich den Spind, das Waschbecken und die Schubladen an. Alles hier schien unverändert. Schließlich setzte sie sich auf den Tisch, ließ die Beine baumeln und dachte nach.

Sie verstand überhaupt nichts mehr.

Dies alles entzog sich einer logischen Erklärung.

War sie wahnsinnig geworden?

Fühlte es sich so an, wenn man dement wurde?

Ihr kam in den Sinn, dass man sich bei Demenz an Begebenheiten von früher erinnerte, zum Beispiel an Geschehnisse aus der Kindheit.

Genau das passierte ihr doch im Moment, oder?

Gerade eben war sie noch ein Kind gewesen und jetzt steckte sie wieder im Körper einer dreiunddreißigjährigen Frau.

Oder war sie vielleicht noch älter?

Sie betrachtete ihre Hände. Die Haut wirkte straff und weich, keine Altersflecken.

Aber was hieß das schon?

Eventuell bildete sie sich gerade schon wieder etwas ein.

Möglicherweise war sie bereits deutlich älter. Eine Seniorin, die gerade in einem Pflegeheim vor sich hin vegetierte; gefangen in ihrer eigenen längst vergangenen Welt; ab und zu blitzten Ereignisse ihres früheren Lebens in ihrem Gedächtnis auf.

Sie musste herausfinden, was hier los war.

Denk logisch, sagte sie sich selbst, geh der Sache auf den Grund und überprüfe die Fakten.

Woran erinnerst du dich?

Dein Name ist Alexandra Wilke, du wurdest geboren am 24.11.1982.

Wo, Alex?

Wo wurdest du geboren?

Das wusste man doch! Warum wollte es ihr nicht einfallen?

Der Name und das Geburtsdatum sind genau die Informationen, die du auf dem Kärtchen gefunden hast.

Sind es tatsächlich deine eigenen?

Bist du wirklich Alex Wilke?

Oder hast du nur angenommen, dass es dein Name sei, weil du ihn schwarz auf weiß vor dir gesehen hast?

Sie sah sich erneut um - und erschrak.

Etwas war anders als bisher: Die Schublade links oben stand halb geöffnet.

Warum war ihr dies gerade eben nicht aufgefallen?

Sie hatte Angst davor, doch sie konnte gar nicht anders als nachzusehen, was es damit auf sich hatte.

Ob jemand darin lag?

Wer?

Warum?

Als sie vom Edelstahltisch abstieg und sich der Schublade näherte, sah sie nackte Füße darin. An der großen Zehe des rechten Fußes ein Kärtchen, wie sie es auf dem Boden gefunden hatte.

Sie packte den Griff und zog vorsichtig daran.

Die Schublade war schwer und ließ sich nur sehr langsam öffnen.

Ihr Quietschen ging Alex durch Mark und Bein.

Die Person trug ein hellgraues Kleidchen.

So eines hatte sie selbst getragen, als sie auf dem Edelstahltisch gelegen hatte.

Endlich kam das Gesicht zum Vorschein.

Der Junge. Der, den sie auf der Treppe zum ersten Stock

gesehen hatte.

Seine Augen waren geschlossen. Er wirkte friedlich.

Der Brustkorb hob und senkte sich nicht.

Sie berührte seine Wange: kalt.

Wer war er?

Ihr fiel ein, dass sie es in Erfahrung bringen könnte.

Sie brauchte nur auf dem Kärtchen an seinem Fuß nachzulesen.

Mit zitternden Fingern löste sie den Draht, der um die große Zehe gewickelt war, und sah sich an, was darauf geschrieben stand.

Das Gelesene machte es nicht leichter für sie:

Alex***** Wilke

Geb. 24.11.1982

Gest. **********

----

7. Kapitel

Warum hatte jemand dem Toten Alex' Kärtchen um den Zeh gebunden?

Und noch wichtiger: Wer hatte das getan?

Allmählich wurde ihr immer klarer, dass sich das, was um sie herum geschah, einer logischen Erklärung verweigerte. Und dennoch musste das alles in einem inneren Zusammenhang stehen. Anders ergab es keinen Sinn.

Aber konnte nicht genau das die entscheidende Fehleinschätzung sein?

Eine falsche Schlussfolgerung?

Musste alles zwangsläufig einen Sinn ergeben?

Was, wenn es nichts gab, was die Ereignisse miteinander verband?

Was, wenn etwas völlig anderes dahinter steckte?

Ihre Gedanken kreisten um sich selbst. Dann dachte sie an Gott.

Die einen glaubten an ihn, die anderen nicht. Mit Logik und Verstand war Religion und Glauben nicht beizukommen. Gott benötigte weder Beweise noch Gegenbeweise, er entzog sich sowohl dem einen als auch dem anderen.

Und was war mit dem Sinn des Lebens?

Worin lag er?

Reichtümer und Prestige anzuhäufen?

Im Glück und in der Zufriedenheit?

Oder war das Leben selbst sein Sinn?

Ihre Überlegungen kehrten zu ihrer persönlichen Situation zurück.

Wo befand sie sich?

In ihrem eigenen Wahn?

Täuschten sie ihre Sinne?

Erneut berührte sie das Gesicht des Jungen in der Schublade; sie weigerte sich, ihn Alex zu nennen.

Seine Wangenknochen und seine Mundpartie kamen ihr bekannt vor.

Sie ging hinüber zu dem Spiegel und verglich.

Ja, da bestand eine Ähnlichkeit.

Ein Zufall oder ein weiteres Rätsel?

Wie sie feststellte, war sie in diesem Spiegel erneut die junge Frau von dreiunddreißig Jahren, die sie glaubte, aktuell zu sein. Kein kleines Mädchen. Kein Teenager.

Da kam ihr ein anderer Gedanke: Wenn der Junge hier unten tot in der Schublade lag, dann konnte er oben nicht mehr an der Treppe stehen, oder?

Sie verließ den Kühlraum und beeilte sich, an der Tür vorbeizukommen, hinter der sie die dicke Frau wusste.

Der Geruch von Erdbeeren stieg in ihre Nase.

Sie hatte keine Ahnung, wo er herkam. Als sie den Treppenabsatz erreichte, war er bereits wieder verflogen.

Hinauf ins Erdgeschoss und weiter in den ersten Stock.

Falsch gedacht! Der Junge stand immer noch dort. Er hielt die Arme verschränkt und lächelte süffisant.

"Aber du bist tot!", warf sie ihm entgegen.

Zunächst schwieg er, aber schließlich ließ er sich zu einer Antwort herab: "Das bin ich schon seit langer, langer Zeit."

"Wieso stehst du dann hier?"

Mit langsamen Schritten kam er auf sie zu.

Nein, sie würde keine Angst haben und nicht zurückweichen.

Tapfer blieb sie stehen.

Er streckte seine Hand aus und berührte mit den Fingerspitzen sanft ihre Stirn.

Dabei bemerkte sie, dass er genauso groß war wie sie

selbst.

Obwohl er höchstens dreizehn oder vierzehn Jahre alt sein konnte.

Sie hatte sich also erneut in ein Mädchen verwandelt.

"Es steckt alles in dir drin, die komplette Lösung", sagte er, dann deutete er auf das tanzende Dornröschen auf dem Sweatshirt, in dem sie plötzlich wieder steckte. "Und warte nicht, bis der Prinz kommt, um dich zu befreien."

"Hilf mir", flehte sie. "Bitte."

Aber der Junge ging rückwärts eine Treppenstufe nach oben.

"Komm wieder, wenn du erwachsen bist."

Dann verschwanden der Junge, die Treppe und das ganze Elternhaus.

8. Kapitel

Erneut erwachte sie auf dem Edelstahltisch.

Sie war wütend.

Nein, so einfach ließ sie sich von dem Jungen nicht abspeisen.

Sie schaltete das Licht ein und sah umher.

Keine Veränderung.

Im Spiegel das Gesicht einer Dreiunddreißigjährigen.

Sie würde ihn zur Rede stellen!

Rasch öffnete sie den Spind und schlüpfte in die Jeans und das Sweatshirt.

Als sie den Raum verließ, kitzelte sie erneut der Geruch von Erdbeeren in der Nase. Sie achtete nicht darauf, wollte einfach nur hinauf.

Schrumpfte sie, während sie die Stufen nach oben eilte?

So wie Alice im Wunderland?

Alice hatte davor aus einem Fläschchen getrunken. Ein Fläschchen mit dem Etikett 'Trink mich'.

Sie glaubte, das Aroma von Kaffee auf ihrer Zunge wahrzunehmen, doch da war noch ein anderer Geschmack, den sie nicht identifizieren konnte.

Hatte sie etwas getrunken, an das sie sich nicht mehr erinnern konnte?

Wann hatte sie überhaupt das letzte Mal etwas zu sich genommen?

Nein, Alex, Alice war durch den Trank gewachsen, nicht geschrumpft.

"Alice. Alex. Alice. Alex."

Sie murmelte die Namen vor sich hin. Sie hörten sich ähnlich an.

Erstaunlich.

Oben, im Erdgeschoss, stand wieder der Junge am

Aufgang in die erste Etage.

Jetzt wirkte sein Lächeln eher überheblich als freundlich.

Sie nahm allen Mut zusammen.

"Du machst das nicht nochmal!"

"Was denn?"

"Mich zurück in den Keller schicken."

"Alex, Alex", er schüttelte den Kopf. "Oder soll ich dich lieber 'Alice' nennen?"

Er konnte ihre Gedanken lesen?

Hier war wohl alles möglich. Genau wie im Wunderland.

Er fuhr fort: "Weißt du denn nicht mehr, dass ich immer mache, was ich will, und nicht das, was andere wollen?"

"Kennen wir uns?"

"Die Antwort liegt im Obergeschoss."

"Also lässt du mich hoch?"

"Nein."

Sie ballte ihre Fäuste.

"Ich kann Karate."

"Ich weiß."

"Also?"

"Es wird dir nicht helfen. Ich kann es genauso gut."

Während er sprach, brachte er sich in Kampfstellung.

Sie führte einen Angriff aus und fand sich nur eine Sekunde später auf dem Boden liegend wieder.

Zu allem Überfluss lachte er sie aus, während sie aufstand.

Elender Mistkerl!

"Ich weiß bereits vorher, was du machst. Du hast keine Chance gegen mich."

Wenn er wollte, konnte er sie einfach – wie immer er das auch machte – in den Keller zurückschicken.

Und mit kämpfen kam sie wohl auch nicht weiter.

Vielleicht sollte sie an sein Mitgefühl appellieren?

"Bitte. Ich weiß nicht, wer ich bin. Ich weiß nicht, wo ich

bin. Wenn die Antworten da oben liegen, musst du mich durchlassen."

"Ich muss gar nichts, Alice."

Der Name fühlte sich wie ein Nadelstich in ihrem Herzen an.

Wie war damals eigentlich Alice zurück in die normale Welt gekommen? Hineingelangt war sie, weil sie diesem weißen Kaninchen mit der Taschenuhr gefolgt war. Doch wie war sie wieder nach Hause zurückgekehrt?

Hatte sie nicht die Hacken ihrer roten Schuhe drei Mal aneinander geschlagen? Der Schuhe, die zuvor der Bösen Hexe des Ostens gehört hatten? Und dazu gesagt: 'Es ist nirgendwo so schön wie daheim'?

Sie betrachtete ihre roten Hausschuhe.

Nein, das war Dorothy gewesen, in 'Der Zauberer von Oz'!

Wie hatte Alice die Rückkehr geschafft?

"Das wüsstest du gerne, was?"

"Geh aus meinem Kopf!"

"Nein."

Er verschränkte die Arme und sah sie mit ernster Miene an.

"Das sieht alles sehr leer aus, da drinnen."

Für Alex hörte es sich an, als mache er sich über sie lustig.

"Okay", sagte er schließlich. "Ich werde dir einen Hinweis geben."

"Danke", antwortete Alex leise.

"Du bist im Keller im Leichenkühlraum aufgewacht."

Das ist keine Hilfe, dachte sie, das ist mir zur Genüge bekannt.

"Aber was ist das Letzte, woran du dich davor erinnern kannst?"

Warum hatte sie sich selbst diese Frage bislang nicht

gestellt?

"Ich weiß es nicht."

"Siehst du", sagte er arrogant. "Findest du die Antwort, dann lasse ich dich nach oben."

Kaum hatte er ausgesprochen, erklang Klaviermusik hinter ihr.

Sie kannte die Melodie, die gespielt wurde.

Jeder auf der Welt kannte sie.

Es war der Hochzeitsmarsch von Mendelssohn-Bartholdy.

9. Kapitel

Alexandra drehte sich um.

Heute war der glücklichste Tag ihres Lebens.

Sie hakte sich bei ihrem Vater ein, der im Takt der Musik einen kleinen Schritt nach vorne machte. Sie tat es ihm gleich.

Weiter vorne wartete Milo bereits. Er lächelte.

Hinter ihm der Traualtar und die evangelische Pfarrerin, die den beiden ihren Segen geben würde.

Milos Lächeln war der Grund gewesen, warum sie sich damals in ihn verliebt hatte. Sie hatte nicht wissen müssen, wie er hieß, welchen Beruf er ausübte oder welche Reichtümer er besaß. Alles unwichtig: Nachdem er sie das erste Mal angestrahlt hatte, war es bereits um sie geschehen gewesen.

Die Jungs und Männer vor ihm waren vergessen. Flirts, Liebeleien, Affären. Allesamt nichts im Vergleich zu ihren Gefühlen für Milo. Und als sie ihn näher kennenlernte, bestätigten sich ihre Herz- und Bauchgefühle.

Milo wirkte positiv auf sie und tat ihr einfach nur gut. Es gab nichts, das ihn aus der Bahn werfen konnte. Er war immer fröhlich und gutgelaunt. Seine Gläser waren stets halb voll, nie halb leer.

Vom ersten Augenblick an hatte sein Lächeln seine Lebenseinstellung zum Ausdruck gebracht und sie hatte dies gespürt.

Alex selbst hatte durchaus auch schwere Zeiten erlebt, vor allem während ihrer Pubertät, in der sie immer wieder diese Erinnerungslücken gehabt hatte. Als eine 'Fugue' hatte ihr Kinderpsychologe einen solchen Zeitabschnitt bezeichnet. Zunächst hatte sie damals geglaubt, man würde es 'Füg' schreiben, so wie er es ausgesprochen hatte.

Die letzte lag nun zum Glück mehrere Jahre zurück.

Mit Milo waren die guten Tage gekommen.

Nach etwas über einem Jahr hatte er sie gefragt, ob sie seine Frau werden wollte.

"Natürlich", hatte sie ihm geantwortet. "Ich möchte auf dieser Welt nichts lieber als das."

Und ihre Entscheidung gipfelte im heutigen Tag.

Gemeinsam mit ihrem Vater schritt sie den Gang entlang, im Hintergrund die Klänge des Hochzeitsmarsches.

Irgend jemand schnäuzte sich lautstark.

Links und rechts von Alex weißgekleidete Menschen.

Sämtliche Stühle mit weißen Überzügen; Hochzeitspaar, Trauzeugen, Familie und Freunde, alles in weiß.

So hatten Milo und sie es sich gewünscht und alle, wirklich alle Gäste hatten sich darauf eingelassen.

Mochte der eine oder andere es als kitschig ansehen, Alex empfand es einfach nur als wunderschön.

Und Milo und sie waren die Hauptpersonen.

Eine Hochzeit im Freien stellte immer ein Risiko dar.

Was tun, wenn es plötzlich regnete?

Doch sogar der Himmel meinte es gut mit dem Brautpaar und spielte mit: über ihren Köpfen alles strahlend blau, nicht der Hauch einer Wolke.

Ein Hollywood-Film hätte nicht schöner sein können.

Alex und ihr Vater erreichten Milo und er übergab sie an seinen zukünftigen Schwiegersohn.

Für einen kurzen Augenblick spürte sie die Berührung beider Männer gleichzeitig.

Ja, heute war der glücklichste Tag in Alex' Leben.

Schon bald darauf sollten sowohl ihr Vater als auch ihr Ehemann tot sein.

10. Kapitel

Nein, dachte sie, sie konnte nicht wissen, dass die beiden Männer, die ihr in ihrem Leben am wichtigsten waren, schon bald nicht mehr bei ihr sein würden.

Die Hochzeit hatte genau so stattgefunden, da war sie sich sicher.

Aber sie konnte im jetzigen Moment nicht dort sein!

Sie war doch in diesem seltsamen Haus mit der Leichenkühlhalle im Keller und dem Jungen auf der Treppe.

War dies ein Tagtraum?

War das alles nur ein Tagtraum?

Bei ihrer Hochzeit hatte sie sich der Pfarrerin zugewandt gehabt und zusammen mit Milo ihren Worten gelauscht.

Jetzt drehte sie den Kopf und sah über ihre Schulter: Die Hochzeitsgesellschaft war verschwunden. Stattdessen hinter ihr der Treppenaufgang in den ersten Stock mitsamt dem Jungen.

Ihre Hand, die eben noch die von Milo gehalten hatte, griff plötzlich ins Leere.

Nein, bitte nicht.

Verlass mich nicht, mein Liebster.

Wie soll ich ohne dich nur leben?

Sie spürte Tränen in ihren Augen; wie sie sich sammelten und langsam über ihre Wangen hinabglitten.

Ihr Hochzeitskleid war das einzige, was ihr von der Trauung geblieben war.

Es kam ihr falsch vor, dass sie es hier und jetzt trug.

Der Junge, der sie vorhin hämisch ausgelacht hatte, sah sie jetzt traurig an.

"Wir müssen alle sterben", sagte er mitfühlend. "Der eine früher, die andere später."

"Bin ich tot?", fragte sie.

"Was glaubst du denn selbst?"

Zu Alex' Trauer gesellte sich Zorn. Konnte er ihr nicht ein einziges Mal eine konkrete Antwort geben?

Ihr fiel ein bekanntes Zitat ein und sie sprach es laut aus: "Ich denke, also bin ich."

"Siehst du!"

"Dann bin ich nicht tot?"

"Das habe ich nicht gesagt!"

Ein lautes Quietschen unterbrach die beiden.

Alex kannte das Geräusch. Sie hatte es selbst schon verursacht, als sie unten eine der Schubladen geöffnet hatte.

Da war also jemand unten!

Rasch eilte sie die Treppe in den Keller hinab, der Saum ihres weißen Hochzeitskleides glitt über die staubbedeckten Stufen und färbte sich grau.

11. Kapitel

Im Kühlraum angekommen fiel ihr sofort auf, dass alle drei Schubladen der oberen Reihe offen standen. Die linke war die, in der sie den Jungen entdeckt hatte. Sie wollte wissen, wer in den anderen lag, und hatte gleichzeitig Angst davor.

Sie spürte, wie die Kälte die Wirbelsäule hochkroch und den Nacken erreichte, während sie langsam den Raum durchschritt und sich der hinteren Wand näherte.

Vorsichtig spähte sie in die mittlere Schublade.

Eben noch hatte volles, schwarzes Haar das Gesicht ihres Vaters umrahmt, jetzt trug er eine Glatze. Doch das Gesicht wirkte kaum älter als bei der Trauung. Er trug einen schwarzen Anzug und lächelte. Dabei wirkte er friedlich und so, als wäre eine schwere Last von ihm gefallen.

Erneut stiegen ihr Tränen in die Augen.

Und bevor sie in die dritte Schublade sah, wusste sie bereits, wen sie dort vorfinden würde.

Der nasse Film vor ihrer Netzhaut verklärte ihren Blick.

Wie durch einen Schleier sah sie Milo vor sich liegen, vom Hals abwärts bedeckte ihn ein graues Tuch aus dem selben Material wie das Kleidchen, das sie selbst beim Aufwachen getragen hatte.

Seine Augen waren geschlossen, doch sein Mund lächelte wie zu Lebzeiten.

Woran waren ihr Vater und er gestorben?

Behutsam zog sie das Tuch zurück.

Alex erschrak nicht, als sie die drei notdürftig genähten Wunden im Bauchbereich entdeckte, dennoch sackte sie auf die Knie.

Jemand hatte mit dem Messer auf Milo eingestochen.

Drei Mal. Er war noch am Tatort verblutet.

So hatten es ihr die Polizisten erzählt.

"Was ist das Letzte, woran du dich erinnern kannst?"

Die Stimme des Jungen klang so laut in ihren Ohren, dass sie glaubte, er würde nun hier im Raum stehen, aber als sie umhersah, konnte sie ihn nirgendwo entdecken.

Milo.

Sie erinnerte sich an Milo.

Dass sie ihn über alles geliebt hatte.

Dass man ihn erstochen hatte.

Und dass ihr die Polizei von seinem Tod berichtet hatte.

Was war danach geschehen?

Und woran war ihr Vater gestorben?

Er hatte sie wegen der umgeknickten Sonnenblumen und Gladiolen zur Rede gestellt. Sie war sich keiner Schuld bewusst gewesen, denn sie konnte sich einfach nicht daran erinnern.

Man hatte sie auf einem Hochsitz gefunden, als sie mit einer imaginären Person gesprochen hatte, aber auch hier klaffte in ihrem Gedächtnis eine Lücke.

"Woran du leidest, Alexandra, das nennt sich Poriomanie", hörte sie die Stimme ihres Kinderpsychologen, sie klang so nah wie die des unbekannten Jungen. "Die Krankheit tritt sehr selten auf, deswegen wissen wir noch sehr wenig darüber. Diese Aussetzer, die du hast, werden als dissoziative Fugues bezeichnet. Das Wort kommt aus dem Französischen und heißt soviel wie 'Ausreißen'. Menschen laufen ohne ersichtlichen Grund weg oder tun irgendetwas, ohne sich dessen bewusst zu sein. Der Zustand kann Minuten oder auch Tage dauern und ist meist verbunden mit Angst und Heimweh. Danach können sich die betroffenen Personen an nichts erinnern."

Diese vermaledeiten Fugues. Waren sie zurückgekehrt?

Steckte sie gerade mittendrin in einer?

Oder handelte es sich doch um eine Art Demenz?

"Ich vermisse dich, Milo", flüsterte sie.

Sie fühlte sich einsam.

Warum nur hatten alle sie verlassen?

Der Raum um sie herum begann sich zu drehen.

Sie versuchte, sich auf den Beinen zu halten, fühlte sich wie in einem Karussell, in dem ihr der Boden unter den Füßen weggezogen wurde. Der Rock ihres Kleides drehte sich mit und bauschte sich immer mehr auf.

Schließlich fiel sie – und kniff die Augen zusammen.

12. Kapitel

Als Alex wieder zu sich kam, stellte sie fest, dass sie lag und dass sie zitterte.

Diesmal spürte sie keinen Edelstahltisch unter sich, sondern etwas Weiches.

Das musste ein Teppich sein!

"Sie kommt zu sich", hörte sie jemanden sagen und als sie die Augen aufschlug, sah sie direkt in das Gesicht des Mannes, der gesprochen hatte. Dicht daneben das einer Frau. Beide blickten besorgt auf sie herab.

"Wir helfen Ihnen auf."

Sie griffen ihr unter die Arme und stützen sie, während Alex mit dem Gleichgewicht kämpfte. Das Hochzeitskleid war einem bunten Sommerkleid gewichen.

"Wir setzen sie aufs Sofa", sagte die Frau zum Mann. Sie führten sie ein paar Schritte und kurz darauf spürte Alex sanften Druck auf ihren Schultern.

"Geht es wieder, Frau Wilke?"

Sie versuchte zu antworten, aber es kam kein Laut über ihre Lippen. Sie musterte die beiden und registrierte, dass sie Uniformen trugen, Polizeiuniformen.

Die Situation ähnelte der, als man sie als Teenager im Wald gefunden hatte. Doch dies hier war keine Polizeidienststelle, es handelte sich um ihr eigenes Wohnzimmer.

Was hatten die Beamten gerade eben zu ihr gesagt?

Dass Milo tot sei?

"Wir haben bereits einen Krankenwagen für Sie gerufen", meinte die Polizistin. "Er müsste jeden Moment hier sein."

"Soll ich Ihnen etwas Wasser aus der Küche holen?"

Alex bemerkte, dass sie den Kopf schüttelte.

"Wie ist es passiert?"

"Vielleicht sollten wir warten, bis die Sanitäter hier sind."

"Wie ist es passiert?", wiederholte sie laut und fordernd.

"An der großen Eiche im Stadtpark."

Die liegt auf seinem Nachhauseweg von der Arbeit, dachte sie.

"Ein Mann hat dort eine Frau bedrängt. Ihr Mann hat beobachtet, wie er versuchte, sie hinter den Baum zu zerren."

Sie wollte etwas sagen, doch sie schwieg und formulierte den Satz nur in Gedanken: Milo mischt sich immer ein, wenn Menschen in Not sind.

"Ihr Mann ist dazwischen gegangen. Die Frau sagte danach bei ihrer Vernehmung, es sei alles sehr schnell gegangen. Wo das Messer herkam, hat sie nicht gesehen. Auf jeden Fall hat der Täter drei Mal auf Ihren Mann eingestochen. Er ist noch am Tatort verblutet."

Sie hatte große Mühe, die Bedeutung der Worte zu begreifen.

"Die Frau meinte, Ihr Mann habe sie vor einer Vergewaltigung oder Schlimmerem bewahrt."

Die Worte des Polizisten wurden für Alex immer mehr zum Hintergrundrauschen, wie Großstadtlärm, an den man sich im Laufe der Zeit gewöhnt hatte.

Hier saß sie nun in dem Wohnzimmer, das sie gemeinsam mit Milo vor kurzer Zeit eingerichtet hatte. Vor ihr zwei Unbekannte, die ihr das Unvorstellbare erzählten.

Milo war nicht mehr da.

Er würde nicht mehr von der Arbeit nach Hause kommen.

Er würde nicht mehr hier mit ihr im Wohnzimmer sitzen, nicht mehr mit ihr im Bett liegen.

Sie würde nie mehr seine Stimme hören, seine Wärme

und Nähe fühlen.

Alex hörte wie aus weiter Ferne, was die Polizisten noch berichteten.

Dass die Frau unversehrt war.

Dass sie der Polizei alles erzählt hatte.

Wie Milo sie beschützt hatte.

Dass die Polizei den Täter bereits verhaftet hatte und er geständig sei.

Doch all die Worte der beiden Polizisten wurden nur von einem einzigen Gedanken überlagert: Milo war nicht mehr da.

Könnte dies alles nicht einfach nur ein böser Traum sein? Sie hoffte es so sehr und schloss die Augen.

13. Kapitel

Als Alex die Augen wieder öffnete, glitt sie vom einen Alptraum zurück in den anderen.

Sie saß auf dem Boden und lehnte mit dem Rücken an der Wand des Kühlraums, über ihr die drei herausgezogenen Schubladen mit den Leichen, vor ihr der Tisch aus Edelstahl, dahinter die geöffnete Tür.

Mit beiden Händen wischte sie sich die Tränen aus ihrem Gesicht.

Wo bin ich?

Was ist passiert, nachdem Milo getötet wurde?

Gab es eine Beerdigung?

Sie versuchte, sich zu erinnern, aber es gelang ihr nicht.

Vielleicht war ich überhaupt nicht auf der Beerdigung, dachte sie. Vielleicht hatte ich einen Nervenzusammenbruch und konnte deswegen nicht hingehen. Oder ich war wieder in einer der Fugues, von denen der Kinderpsychologe gesprochen hatte.

Oder lag der Tod noch gar nicht so lange zurück und Milos Leiche befand sich im Moment tatsächlich in diesem Kühlraum?

Sie schüttelte den Kopf.

Nein, da war sie sich relativ sicher. Seit Milos Tod war bereits einige Zeit vergangen und danach waren weitere Dinge geschehen. Aber welche?

Sie musste wieder hoch ins Elternhaus. Irgendwo dort oben mussten die Antworten auf all die Fragen sein.

Alle Kraft zusammennehmend stand sie auf.

Auf wackligen Beinen ging sie durch den Raum und aus ihm hinaus.

Wieder spürte sie den Geruch von Erdbeeren in ihrer Nase. Er kam aus dem Zimmer gegenüber. Der Duft lockte sie und das Schlüsselloch zog sie magisch an, doch sie wehrte sich dagegen, noch einmal hindurchzusehen. Die dicke Frau hatte ihr viel zu viel Angst eingejagt.

Rasch lief sie weiter zur Treppe. Die dritte Stufe ließ sie beim Hinaufsteigen aus und hörte dennoch im Geiste ihr Knarzen.

Als sie im Erdgeschoss ankam, empfing sie ein Mann in einem weißen Kittel.

Sie erkannte ihn: Es war Dr. Rabban, der Chefarzt der Onkologie des Klinikums.

Sein Gesicht drückte großen Kummer aus.

"Gut, dass Sie hier sind. Ich befürchte, er hat nicht mehr viel Zeit", sprach er, mit persischem Akzent.

Dann begleitete er sie den Krankenhausflur entlang bis zum Sterbezimmer ihres Vaters.

14. Kapitel

"Ich lasse Sie besser mit ihm allein", sagte Dr. Rabban hinter ihrem Rücken und schloss die Tür.

Wie sehr hatte sie sich gewünscht, dass all die Infusionen, Schläuche, Kabel und Geräte endlich vom Bett ihres Vaters verschwinden würden.

Nun waren sie fort und Alex hätte alles dafür gegeben, sie wieder hier zu haben.

Abgesehen von einem einsamen Medikamentenblister auf dem Krankenhausnachttisch deutete nichts mehr auf eine Behandlung hin.

Sie hatte Angst.

Angst vor diesem Zimmer.

Angst vor dieser Situation.

Angst, ihrem Vater in die Augen zu sehen.

Jetzt drehte er den Kopf.

Die Chemotherapien hatten all seine Haare ausfallen lassen. Ansonsten wirkte er unverändert. Und er lächelte. So wie früher. Als wäre nichts geschehen.

"Komm, Alex", sagte er, die Stimme leise, doch fest und sicher.

Zunächst zögerte sie, dann gab sie sich einen Ruck, nahm den Besucherstuhl von der Wand und trug ihn zum Krankenbett.

Sie setzte sich. Der Vater streckte ihr seine Hand entgegen und sie legte sie zwischen die ihren.

"Ich freue mich", begann er und unterdrückte erfolgreich einen Hustenreiz. "Ich hatte ein wundervolles Leben. Bitte sei nicht all zu traurig."

"Aber ..."

"Pscht." Es kostete ihn Kraft, seine Tochter zu unterbrechen. "Du musst stark sein und leben, hörst du?"

Alex spürte, wie sich Tränen in ihren Augen sammeln wollten. Es gelang ihr, sie zurückzuhalten. Sie nickte.

"Bei allem, was kommt: Du musst an dich denken."

"Wo ist Mama?"

"Ich habe mich schon von ihr verabschiedet", flüsterte er.

"Sie war hier?"

"Ich habe mich in meinem Herzen von ihr verabschiedet."

Alex konnte nicht verstehen, warum sie nicht bei ihrem Mann saß.

"Ich habe sie immer geliebt und ich liebe sie noch heute."

"Ja, ich weiß", sie passte ihre Lautstärke der seinen an.

"Milo liebt dich auch. Ich bin so froh, dass ihr euch gefunden habt."

Sie nickte.

"Alex, ...", er rang nach Worten.

"Ja?"

"Du bist das Letzte, was ich in diesem Leben sehe. Ein schöner Abschied."

"Nein", widersprach sie.

"Es ist soweit. Wir wissen es beide."

Wie so oft in seinem Leben hatte er recht. Leider.

Sein Atem wurde zunehmend flacher, seine Augen schlossen sich. Er schien seine letzten Reserven mobilisiert zu haben, um durchzuhalten, bis er sich von seiner Tochter verabschiedet hatte.

Schon glaubte Alex, er habe sie verlassen, da kämpfte er noch einmal, um ihr seine letzte Botschaft mit auf den Weg zu geben.

"Du musst leben, Alex: leben!"

Dann ging er.

15. Kapitel

Sie lebte.

Ja, sie lebte.

Aber wo und wie?

In einem Traum?

In einem Wahn?

Oder war es das: das Leben nach dem Tod?

Verspürte man Hunger und Durst, wenn man im Himmel oder in der Hölle gelandet war?

Wieder fragte sie sich, wann sie zuletzt gegessen oder getrunken hatte.

Es wollte ihr immer noch nicht einfallen.

Aber Kälte hatte sie gespürt, als sie unten im Kühlraum aufgewacht war.

Und später hatte sie Erdbeeren gerochen.

Ihre Sinne schienen also zu funktionieren.

Appetit jedoch hatte sie keinen beim Duft der Erdbeeren verspürt.

Ob ihr Gehirn ihr auch hier etwas vorgaukelte?

Sie stand am oberen Ende der Kellertreppe. Dort, wo sie Dr. Rabban abgeholt hatte. Von ihm oder dem Krankenhausflur war nichts mehr zu sehen.

Sie drehte sich um und stieg die Treppe zum ersten Stock hinauf.

Wieder stand ihr der Junge im Weg.

"Du bist noch nicht soweit, Alex."

"Wer bist du?"

"Ich bin dir näher als du denkst."

So langsam wurde sie wütend.

"Kannst du bitte mit diesen Rätseln aufhören und mich einfach nur durchlassen?"

Die Antwort kam schnell, kurz und eindeutig: "Nein."

"Wo bin ich hier? Warum durchlebe ich mein Leben noch einmal?"

Der Junge schwieg.

"Warum antwortest du mir nicht?"

"Du wolltest keine Rätsel mehr hören."

"Ich brauche Hilfe."

"Ja."

"Du hattest mich gefragt, was das Letzte sei, woran ich mich erinnere."

"Und? Ist es dir eingefallen?"

Sie gab sich Mühe. Was war nach dem Tod ihres Vaters geschehen? Wo war sie hingegangen, nachdem sie das Krankenhaus verlassen hatte?

Hatte es eine Beerdigung gegeben?

Aber ja! Ganz bestimmt hatte es eine Beerdigung gegeben.

Sie stellte fest, dass sie plötzlich eine schwarze Bluse und eine schwarze Hose trug.

"Es war ein herrlicher Sommertag", sagte der Junge. "Der hätte deinem Vater gefallen."

"Meine Mutter", fiel ihr ein.

"Ja?"

"Sie ist am offenen Grab zusammengebrochen."

Und sie sah sie bei sich stehen, ebenfalls ganz in schwarz gekleidet, in ihrer Rechten eine rote Rose, die Blüte schaute nach unten. Alex entdeckte, dass sie selbst auch eine in den Fingern hielt. Neben ihr Milo, ihre Hand drückend.

Den dreien schräg gegenüber hob ein Pfarrer seine Arme.

"Jesus Christus spricht: Ich bin die Auferstehung und das Leben. Wer an mich glaubt, der wird leben und wenn er auch stirbt. Wer lebt und an mich glaubt, der hat das ewige Leben."

Ein Geruch kitzelte sie in der Nase: Weihrauch. Den

mochte sie überhaupt nicht. Sie spürte einen Anflug von Übelkeit.

Vier Männer in schwarzen Anzügen ließen den Sarg an Seilen in die frisch ausgehobene Grube hinabgleiten. Langsam und gleichmäßig, als könnte ein zu starker Ruck den Toten aus seiner ewigen Ruhe wecken.

"Herr Jesus Christus! Du bist für uns gestorben: Herr, erbarme dich."

Es waren sehr viele Menschen gekommen. Von überall her hörte sie die gemeinsame Antwort: "Herr, erbarme dich."

Alex' Mutter sagte nichts, sie zitterte am ganzen Körper.

"Du bist vom Tode auferstanden: Christus erbarme dich."

Der Sarg erreichte sanft den Boden, während die Trauergäste antworteten: "Christus, erbarme dich."

Aus den kraftlos werdenden Händen ihrer Mutter glitt die Rose. Sie fiel nicht dorthin, wo sie sollte, sondern blieb am Rande des Grabes liegen, als würde sie sich wehren, gemeinsam mit dem Toten beerdigt zu werden.

"Du hast uns im Hause deines Vaters eine Wohnung bereitet: Herr, erbarme dich."

Das Schluchzen ihrer Mutter begleitete die Worte der Trauernden: "Herr, erbarme dich."

Dann sank ihre Mutter in die Knie und Alex spürte auch ihre eigenen Beine kraftlos werden.

Wenn wenigstens diese unnütze Weihrauchschwenkerei aufhören würde!

Alex blieb stark, neigte sich nach unten und half ihrer Mutter wieder auf die Beine. Dann hakte sie sich stützend bei ihr unter.

Der Pfarrer bückte sich, hob die Rose ihrer Mutter auf und warf sie auf den Sarg. Alex folgte seinem Beispiel.

Behutsam geleiteten Milo und sie ihre Mutter vom Grab

58

weg. Diese ließ sich führen, setzte ihnen keinen Widerstand entgegen.

Alex' Mutter war eine gebrochene Frau - sie war es bereits seit dem Tag, als sie von der Krebsdiagnose ihres Mannes gehört hatte.

Gemeinsam bewegten sie sich auf die weiße Friedhofskapelle zu. Doch diese verschwamm vor Alex' Augen, auch die Last an ihrem Arm wurde leichter und verschwand schließlich ganz.

"Siehst du", sagte der Junge vor ihr. "Du beginnst, dich zu erinnern."

Alex fand sich auf der Treppe in ihrem Elternhaus wieder, zwischen Erdgeschoss und erstem Stock.

"Darf ich jetzt nach oben?"

"Noch nicht!" Der Junge sprach es ohne jegliche Häme. "Deine Geschichte soll hier und heute nicht auf dem Friedhof enden. Wie sagt man so schön? Die Oper ist erst zu Ende, wenn die dicke Frau gesungen hat."

16. Kapitel

Alex schloss die Augen und als sie sie wieder öffnete, ruhte sie auf dem Rücken und blickte zur Decke des Kühlraums. Diesmal brannte das Deckenlicht bereits.

"Liegen Sie bequem?", hörte sie jemanden sagen und sie bestätigte, obwohl der Edelstahl sich hart in ihrem Rücken anfühlte.

"Gut", sagte der Mann, den sie jetzt nur einen Meter von sich selbst entfernt entdeckte.

Er war in ihrem Alter, um die 30. Hatte ihr Kinderpsychologe, Dr. Karmeyer, sie eher an den alten Sigmund Freud erinnert, weißhaarig und vollbärtig, war dieser Arzt das genaue Gegenteil, dunkelbraunes Haar, glattrasiert, Grübchen in den Mundwinkeln.

Dr. Sebastian Hoffmann lächelte sie freundlich an und sie fühlte jetzt schon, dass sie ihm vertraute.

"Jetzt erzählen Sie mir noch einmal in aller Ruhe, warum Sie damals bei meinem Kollegen waren."

"Er nannte es 'Poriomanie'."

"Wie genau hat sich die Krankheit bei Ihnen geäußert?"

"Mir fehlten mehrere Stunden in meinem Gedächtnis. Zum Beispiel saß ich alleine daheim und habe Hausaufgaben gemacht und fand mich dann, Stunden später, an einem Baggersee wieder."

"Und Sie konnten sich anschließend nicht erinnern, wie Sie dorthin gekommen waren."

"Genau. Mein Rad lag am Ufer im Gras, damit war klar, dass ich damit zum Baden gefahren war. Und mein Bikini war nass. Ich bin also definitiv in dieser Zeit auch im See geschwommen. Aber mir war es nicht mehr bewusst."

"Und das ist Ihnen öfter passiert?"

"Eigentlich die ganze Pubertät hindurch. Bestimmt mehr

als zwanzig Mal."

"Und mit dem Ende der Pubertät hatte es aufgehört?"

"Ja. Und ich war sehr froh darüber."

"Wie lange dauerten diese Aussetzer jeweils?"

"Meistens nur wenige Stunden. Aber einmal war ich auch über ein ganzes Wochenende weg."

"Wo waren Sie während dieser Zeit?"

"Vermutlich im Stall bei einem Bauern am Stadtrand. Da hatte ich wohl Brot und Obst aus der Küche gestohlen. Deswegen hat man mich dann auch entdeckt. Ich kam wieder zu mir, als mich die Bäuerin gerade zur Rede stellte."

"Gab es Gründe, warum Sie ausrissen? Irgendeinen Auslöser?"

"Wir hatten lange Zeit gerätselt und Dr. Karmeyer hatte schließlich einen Verdacht."

"Ja?"

"Es begann wohl immer dann, wenn ich mich ungerecht behandelt fühlte. Als ich das ganze Wochenende verschwunden war, hatte ich zum Beispiel davor mit meinem Vater gestritten. Er hatte mir verboten, am Abend auszugehen. Er sagte, ich sei noch zu jung und er habe Angst wegen meiner Krankheit. Darüber hatte ich mich sehr geärgert."

"Und an dem Tag mit den Hausaufgaben?"

"Da hatte ich eine 'Fünf' mit nach Hause gebracht und meine Mutter hatte darauf bestanden, dass ich zuerst lernen sollte, bevor ich an den See zum Baden durfte."

"Haben Sie sich ansonsten gegen Ihre Eltern aufgelehnt?"

"Nein, niemals. Ich war ein sehr braves Kind, eher schüchtern. Ich habe immer das gemacht, was meine Eltern wollten."

"Außer während der Fugues", ergänzte Dr. Hoffmann.

"Außer während der Fugues", bestätigte Alex.

"Es war also eventuell eine Art Kompensation, ein Ausbrechen aus dem Gehorsam."

"Ja, das meinte Dr. Karmeyer auch."

"Und jetzt hat es wieder begonnen."

"Ja."

"Gab es Besonderheiten während der letzten Monate in Ihrem Leben?"

Sie schluckte.

"Zwei Todesfälle. Kurz hintereinander."

"Wer?"

Die Antwort fiel ihr schwer.

"Mein Vater – und mein Mann."

Dr. Hoffmann ließ sich Zeit mit der nächsten Frage, doch sie wusste bereits, wie sie lauten würde.

"Mein Vater ist an Krebs gestorben. Es ging relativ schnell. Von der Diagnose bis zum Tod nur wenige Wochen."

"Und Ihr Mann?", fragte Dr. Hoffmann vorsichtig.

Sie hatte Mühe, es auszusprechen: "Er wurde ermordet."

Und noch mehr Überwindung kostete sie der nächste Satz: "Und ich trage die Schuld daran."

17. Kapitel

"Und, Milo? Kannst du dein Auto nach Feierabend gleich wieder aus der Werkstatt abholen?"

Alex erzählte Dr. Hoffmann von dem letzten Telefonat, das sie vor seinem Tod mit ihrem Mann geführt hatte.

"Nein, sie haben eben angerufen: Die Reparatur ist doch umfangreicher als gedacht."

"Äh, Schatz?"

"Ja?"

"Ich weiß, ich hatte dir versprochen, dass ich dich mit meinem Wagen von der Arbeit abhole, falls deiner bis Feierabend nicht fertig ist."

"Und? Geht das jetzt nicht?"

"Beatrice hat vorhin angerufen."

"Beatrice? Die hat sich ja seit mindestens einem Vierteljahr nicht mehr gemeldet."

"Sie ist gerade in der Stadt und muss abends schon wieder weiter zu einer Modemesse nach München. Sie hat nur nachher ein wenig Zeit."

Milo verstand sofort, worauf seine Frau hinauswollte: "Und jetzt würdest du gerne mit ihr einen Kaffee trinken gehen."

"Ja."

"Dann mach das doch."

"Aber dann kann ich dich nicht abholen, wie ich es versprochen habe."

"Das ist doch nicht schlimm, Alex. Du siehst Beatrice so selten."

"Danke, du bist ein Schatz. Nimmst du dann den Bus?"

"Ich weiß noch nicht. Vielleicht gehe ich auch durch den Stadtpark nach Hause. Heute ist so schönes Wetter. Mache ich eben einen Abendspaziergang."

"Ich freue mich so sehr."

"Alex?"

"Ja?"

"Ich wünsche dir viel Spaß."

Alex wandte sich wieder Dr. Hoffmann zu.

"Das waren seine letzten Worte." Sie wiederholte sie: "Ich wünsche dir viel Spaß."

"Und an dem Abend ist es dann passiert?"

Sie nickte - und verdrängte die Gedanken an die Polizisten, die ihr die schlimme Botschaft überbracht hatten.

"Ich wollte eigentlich 'Ich liebe dich' zu ihm sagen und dann ist es doch nur ein 'Ich freue mich so sehr' geworden."

"Das Leben ist nicht fair", fasste Dr. Hoffmann zusammen.

"Nein", sagte Alex und verstand, warum ihre Fugues mit solcher Macht zurückgekehrt waren.

18. Kapitel

Dr. Hoffmann verschwand aus dem Kühlraum und Alex stand auf.

Befand sie sich im Moment in einer ihrer Fugues?

Irrte sie gerade ziellos durch die Stadt oder durch den Wald und bildete sich nur ein, hier in diesem Keller zu sein?

Vielleicht kaufte sie sich gerade im Moment in einer Boutique eine Bluse oder unterhielt sich, auf einer Parkbank sitzend, mit einer fremden Person über das Wetter oder die Tagespolitik.

Steckte sie immer hier in diesem seltsamen Haus, wenn sie sich in einer der Fugues befand und konnte sich anschließend nicht mehr daran erinnern?

Das Dornröschen-Sweatshirt könnte dafür sprechen, dass sie bereits in ihrer Kindheit immer wieder hier gewesen war. Natürlich nicht in der Realität, nur in Gedanken, in ihrem Kopf. Oder sollte sie besser sagen: in ihrem Wahn?

Bildete sie sich ein, hier zu sein, während sie in der Wirklichkeit weiterlebte und Dinge tat, von denen sie später nichts mehr wusste?

Und wenn sie dann ins echte Leben zurückkehrte, waren wiederum das Haus und der Kühlraum in ihrem Unterbewusstsein verschwunden?

Dann wäre es nur eine Frage der Zeit, bis der Alptraum hier ein Ende fand, oder?

Sie konzentrierte sich.

Aufwachen, Alex. Du träumst nur. Dies ist alles nicht real.

Mit zusammengekniffenen Augen dachte sie erneut an Dorothy aus dem 'Zauberer von Oz' und flüsterte: "Es ist nirgendwo so schön wie daheim."

Eigentlich hatte sie nicht wirklich geglaubt, dass es funktionieren könnte, dennoch war sie enttäuscht, dass sie auch weiterhin auf dem Edelstahltisch lag.

Sie setzte sich auf und dachte zurück.

An Milo. An ihren Vater. An ihre Mutter.

Wie war es nach den beiden Schicksalsschlägen für sie und ihre Mutter weitergegangen?

Und plötzlich saß sie nicht mehr auf dem Edelstahltisch, sondern auf einem Plastikstuhl der Klinik für Psychiatrie und Psychotherapie.

Sie wartete ...

19. Kapitel

Auf einem Tischchen neben ihr lagen Zeitschriften. Geo, Gala, P.M., nichts Politisches. Alex blickte nur einmal kurz auf die Titelbilder. Nichts davon interessierte sie. Sie wurde ungeduldig.

Wie lange befand sie sich nun bereits in diesem Wartezimmer?

Die Tür ging auf und eine ältere Frau in einem weißen Arztkittel trat ein.

"Bitte entschuldigen Sie, dass es so lange gedauert hat, Frau Wilke."

Alex erwartete eine Begründung dafür, aber diese kam nicht.

"Mein Name ist Rosemarie Müller-Wedekind."

Auf dem Namensschild ihres Kittels befand sich zusätzlich ein zweifacher Doktortitel.

Dr. Karmeyer, Dr. Hoffmann und jetzt das hier.

Warum führten so viele Erinnerungen zurück zu Psychologen?

Stimmte tatsächlich etwas in ihrem Kopf nicht?

Hatte man sie von Arzt zu Arzt weitergereicht?

War im Endeffekt alles vergebens gewesen und sie war nach und nach immer weiter in ihren Wahn und ihre Scheinwelten gestürzt?

"Ich habe keine guten Nachrichten für Sie."

Alex erschrak und gleichzeitig hoffte sie, endlich die Antworten für ihre vielen Fragen zu erhalten.

"Es ist leider schlimmer geworden."

Was war schlimmer geworden?

"Ich bringe Sie zu ihr."

Zu 'ihr'? Wer war 'sie'?

Ohne die Frage laut auszusprechen, folgte Alex der

Ärztin. Aus dem Wartezimmer hinaus, einen weißen, leeren Gang entlang, der nach Reinigungsmitteln und Ängsten roch. Die Zimmertüren zur Rechten und zur Linken waren alle geschlossen. Alex war dankbar dafür; sie wollte überhaupt nicht wissen, was sich dahinter befand.

Am Ende des Flurs, bei der letzten Tür, hielt die Psychologin an.

Sie blieb einfach stehen und überließ es Alex, die Klinke zu drücken. Nach mehreren Sekunden des Zögerns tat Alex dies schließlich auch.

Langsam öffnete sich die Tür, weder quietschten die Scharniere, noch schabte sie beim Aufschwingen über den Boden. Es blieb mucksmäuschenstill.

Alex vernahm beim Eintreten noch nicht einmal ihre eigenen Schritte. Auch dass hinter ihr die Tür wieder geschlossen wurde, hörte sie nicht.

Mit dem Rücken zu ihr, vor einem Fenster, saß eine Frau; neben ihr an der Wand ein weiterer Stuhl.

Alex' Blick schweifte kurz umher. Ein Krankenhausbett, ein weißer Nachttisch, darauf eine Kunststoffschachtel mit vielen Fächern, die Tabletten in den verschiedensten Formen und Farben enthielten. Ein gerahmtes Hochzeitsfoto lag daneben. Alex kannte das Brautpaar: ihre Eltern. Das Bild hatte im Flur ihres Elternhauses gehangen.

Alex drehte sich wieder der Frau zu. Sie hatte Angst, mit ihrer Stimme die heilige Stille dieses Ortes zu stören.

Dennoch sprach sie.

"Ich bin's, Alex."

Und als müsste sie es erklären, flüsterte sie zwei weitere Wörter: "Deine Tochter."

Keine Reaktion.

Sie fühlte sich wie in Zeitlupe, während sie zu dem Stuhl neben der Wand ging, ihn griff und neben dem ihrer Mutter platzierte. Dann setzte sie sich.

Sie hatte Angst davor, ihrer Mutter in die Augen zu sehen und nahm doch allen Mut zusammen.

Ihre Mutter sah einfach geradeaus zum Fenster hinaus und Alex folgte ihrem Blick. Draußen wiegte sich der Wipfel einer Birke leicht im Wind. In der Ferne trieb eine kleine Wolke am Himmel. Mehrere Sekunden lang beobachtete Alex, wie sich ihre Umrisse gemächlich veränderten.

Sie selbst wurde ruhiger und ruhiger; ihre Mutter war längst Teil eines ewigen Stillstands geworden, hatte dem Trauer und dem Schmerz entsagt, war vor beiden geflohen und hatte den Wettlauf zugleich gewonnen und verloren.

Alex sah in ihr friedliches Gesicht. Keine Regung. Nicht der Hauch einer Emotion.

Ewiger Friede oder hoffnungslose Apathie?

Vielleicht lag dort, wo sich ihre Mutter nun befand, ein besserer Ort?

Oder erlebte sie doch nur die Hölle vor dem Tod?

Alex besann sich darauf, dass sie selbst nicht wirklich hier in diesem Raum war, sondern in ihrer eigenen Erinnerung feststeckte. Das Krankenzimmer ihrer Mutter war ein weiterer Mosaikstein. So wie die Beerdigung ihres Vaters oder der Besuch der Polizisten an dem Tag, als Milo getötet wurde.

Und doch saß sie hier und analysierte die Gesichtszüge ihrer Mutter.

Ob ihre Mutter sich ebenfalls in ihrer eigenen Vergangenheit verloren hatte und von Raum zu Raum in einem mysteriösen Haus irrte?

Das hieße im Umkehrschluss, dass sie möglicherweise im

Augenblick selbst teilnahmslos auf einem Stuhl saß und in die Ferne stierte, ohne ihre Umgebung wahrzunehmen. In einer psychiatrischen Abteilung.

"Ich will hier raus", sagte sie leise, aber bestimmt.

Nichts passierte.

Dann schlug sie die Hacken ihrer roten Schuhe aneinander und sprach erneut den Satz, der Dorothy zurück nach Kansas gebracht hatte: "Es ist nirgendwo so schön wie daheim."

II. Teil

Erinnerungen?

20. Kapitel

Alex roch Erdbeeren und schlug die Augen auf.

Um sie herum Schaum in einer leichten Rotfärbung. Sie lag zuhause in der Wanne und badete in ihrem geliebten Erdbeerschaumbad.

Eigentlich sollte es zu ihrer Entspannung beitragen, doch heute half es ihr nicht. Es gelang ihr nicht, ruhiger zu werden.

Die Worte ihrer Freundin Selma wirkten viel zu sehr nach. Selma hatte vorhin angerufen und ihr erzählt, dass sie Alex im Stadtpark gesehen habe, an der alten Eiche. Der Ort, an dem Milo erstochen worden war.

Doch Alex konnte sich nicht erinnern, dort gewesen zu sein.

Ein Schock für Alex!

Hatten ihre Fugues wieder begonnen?

Nach all den Jahren?

Alex hatte sie längst überwunden geglaubt.

Sie verspürte ein Déjà-vu. Schon einmal hatte sie so in der Badewanne gelegen, inmitten des Schaums, über das Telefonat mit Selma nachdenkend.

Dies hier war nicht die Realität!

War sie nicht eben noch im Krankenzimmer ihrer Mutter gewesen und hatte ihre Hacken aneinandergeschlagen?

Sie war in einem bösen Traum umher geirrt, in einem Traum von Leichenkühlräumen und Fenstern in ihre eigene Vergangenheit. Sie war ein Kind gewesen und ein Teenager. Nun war sie eine erwachsene Frau, fand sich immer noch in diesem Alptraum gefangen und lebte erneut die Erkenntnis, dass ihre Poriomanie zurückgekehrt war.

Sie weinte.

Sie hatte damals geweint und tat es heute.

Alles erschien aussichtslos.

Wo befand sich der Ausgang?

Wann kam die Person, die sie aufweckte, um sie aus diesem Elend zu befreien?

Der Prinz, der auch Dornröschen von ihrem tiefen Schlaf erlöst hatte.

Dr. Karmeyer, wo sind Sie, wenn ich Sie brauche?

Das Wasser wurde kälter.

Sie müsste neues, heißes dazufließen lassen oder schleunigst hinaus.

Als sie aufstand und die Wanne verließ, um sich abzutrocknen, zuckte sie zusammen: Die dicke Frau, die sie durchs Schlüsselloch gesehen hatte, sie hatte exakt an dieser Stelle gestanden, mit dem Fön in der Hand. Erst jetzt erkannte Alex, dass es sich bei der Badewanne um ihre eigene gehandelt hatte.

Was hatte ihre Badewanne in der Kammer gegenüber des Leichenkühlraums zu suchen?

Ein weiteres Rätsel.

Sie schlüpfte in ihren Bademantel, ging hinüber in die Küche und setzte sich einen Roibuschtee auf.

Anzeichen für die neuerlichen Fugues hatte es genügend gegeben.

Zum einen die Erinnerungslücken, zum anderen, dass sie sich wiederholt an Orten wiedergefunden hatte, bei denen sie nicht mehr wusste, wie sie dorthin gelangt war.

Sie hatte den Verdacht verdrängt, doch der Anruf Selmas hatte die schreckliche Gewissheit gebracht. Jetzt konnte sie es nicht mehr vor sich selbst leugnen.

Sie setzte sich an den Küchentisch und wartete, bis der Tee gezogen hatte.

Sie konnte sich nicht unterkriegen lassen. Sie durfte sich nicht unterkriegen lassen.

Schon allein Milos wegen. Er hätte nicht gewollt, dass sie aufgab.

"Man muss immer einmal öfter aufstehen, als man hingefallen ist", pflegte er zu sagen.

Sie würde einen Psychologen aufsuchen.

Für Milo.

Nein, vor allem für sich selbst.

Dann schenkte sie sich Tee in ihre Lieblingstasse mit dem großen, gelben Smiley und nahm ihn mit hinüber in ihr Büro.

Alex wusste, dass sie gleich ihren Rechner hochfahren würde und im Internet nach einem geeigneten Arzt suchen würde. Dabei würde sie auf Dr. Sebastian Hoffmann stoßen und telefonisch mit ihm einen Termin vereinbaren.

An das Gespräch konnte sie sich wortgenau erinnern.

Sie durchlebte die Situation erneut, aber konnte sie nicht beeinflussen.

Sie fühlte sich wie in einer Zeitschleife gefangen.

Gab es da nicht diesen Film, den sie einmal gesehen hatte? Da war jemandem Ähnliches passiert. Wie hieß er doch gleich?

Es fiel ihr ein: 'Und täglich grüßt das Murmeltier'.

Doch Bill Murray, der Hauptdarsteller, hatte den immer wieder aufs Neue gelebten Tag beeinflussen können.

Sie nicht.

Sie war zur Untätigkeit verdammt.

Gefangen in ihrem eigenen Körper, ihrer eigenen Vergangenheit.

Ja, das Zusammenschlagen der Hacken hatte funktioniert, wie bei Dorothy: Sie war daheim.

Aber anders, als sie es sich vorgestellt hatte.

Alles war anders gekommen, als sie es sich vorgestellt hatte.

Das Leben mit Milo, das sie sich in den schönsten Farben ausgemalt hatte.

Jetzt war ihr nur die Erinnerung an ihn geblieben und der Platz auf dem Friedhof.

Noch immer besuchte sie ihn täglich.

21. Kapitel

'Milorad Wilke' stand zusammen mit dem Geburts- und Sterbedatum auf dem Grabstein.

Sie las den Namen wieder und wieder dort ab und flüsterte ihn schließlich leise vor sich hin.

Bei der wunderschönen, weißen Hochzeit hatte er ihren Nachnamen angenommen. Sein eigener ging auf seine bosnischen Vorfahren zurück, doch zu seinem Heimatland hatte er keinen Bezug mehr gehabt. Bereits im Alter von zwei Jahren war er mit seinen Eltern nach Deutschland gekommen. Seinen für deutsche Zungen nahezu unaussprechlichen Nachnamen hatte er seinen Kindern nicht zumuten wollen.

Ach ja, Kinder.

Am liebsten hätten sie zwei gehabt, einen Jungen und ein Mädchen.

Alex stellte sich vor, wie sie wohl ausgesehen hätten.

Hätten sie ihr blondes Haar bekommen?

Und dazu seine strahlenden, blaugrünen Augen und sein Lächeln?

Sie wären hübsch geworden, ganz bestimmt, und fröhlich. Ja, sie hätten sicher viel gelacht, gemeinsam mit ihren Eltern.

Den Traum von den Kindern hatte Alex mit Milo begraben.

Aus ihrer Handtasche holte sie ein Taschentuch und wischte sich Wangen und Augen trocken.

Hinter ihr knirschte der Kies auf dem Gehweg. Jemand näherte sich. Bestimmt eine der älteren Frauen, die das Gros der Friedhofsbesucher ausmachten. Frauen überlebten in der Regel ihre Ehemänner.

Auch Alex.

Doch sie unterschied sich von den gebeugt gehenden oder auf den Rollator angewiesenen Seniorinnen.

Milo war keine 35 Jahre alt geworden. Warum?

Das Geräusch verstummte. Jemand stand hinter ihr.

Sah die Person zu ihr?

Sie wollte nicht, dass man sie beobachtete!

Die Person sollte verschwinden.

Sie starrte auf den Grabstein, bewegte sich nicht, aber das Knirschen fand keine Fortsetzung.

Allen Mut zusammennehmend drehte sie sich um.

Ein Mann stand hinter ihr, etwa ihr Alter, schmales Gesicht, kurzes, blondes Haar, schlanke, sportliche Gestalt. Er verstand ihren Blick, nickte sachte mit dem Kopf und ließ sie in ihrer Trauer allein.

Am nächsten Tag kreuzten sich erneut ihre Wege auf dem Friedhof und am übernächsten ebenso.

Am vierten wagte er es, sie anzusprechen.

Wieder hatte es hinter ihr im Kies geknirscht und nach ein paar Minuten des Abwartens – sie blickte sich nicht um – flüsterte er etwas.

"Es tut mir sehr leid."

Dieses Mal schrie nichts in ihr, dass er sie alleine lassen solle.

"Ich weiß, dass es unendlich weh tut", fuhr er fort. "Niemand kann den Verlust nachfühlen, der ihn nicht selbst erlitten hat."

Nachdem er zu Ende gesprochen hatte, hörte sie ihn davongehen.

Am fünften Tag wandte sie sich ihm zu.

22. Kapitel

Das Café befand sich direkt gegenüber des Haupteingangs zum Friedhof, der Fremde hatte Alex dorthin eingeladen.

Und dort saßen sie nun - er bestellte einen Espresso, sie einen Milchkaffee - und schwiegen sich an.

Es fühlte sich merkwürdig für sie an, mit einem anderen Mann in einem Café zu sitzen. Sie fühlte sich schlecht. So, als müsse sie es Milo später beichten.

"Verzeihen Sie mir, dass ich Sie beobachtet habe. Ich wollte Sie nicht belästigen."

Schon gut, dachte Alex.

"Es tat mir in der Seele weh, Sie so leiden zu sehen."

Alex fühlte sich wie in Trance. Sie war einfach mit ihm mitgegangen, als wäre sie einer inneren Stimme gefolgt, die ihr dazu riet.

"Ich würde Sie gerne trösten. Aber Sie haben es sicher bereits oft genug gehört: 'Das Leben geht weiter.' und so. Lassen Sie mich raten? Sie würden den Menschen am liebsten ins Gesicht schlagen und sie anbrüllen, dass nichts je wieder so sein wird, wie es einmal war."

Er lag richtig. Es brodelte in ihr. Sie verspürte Hass und Aggression in sich. Doch sie hatte sich im Griff. Sie verkniff sich Kommentare auf die zweifellos gut gemeinten Ratschläge aus ihrem Freundeskreis.

"Und Sie haben recht. Es wird wirklich nichts wieder so sein, wie es einmal war."

Endlich jemand, der nicht versuchte, ihr die Situation schönzureden.

"Wenn man an einen Gott glaubt, dann hat man Hoffnung; glaubt man an keinen, bleibt nur die Erinnerung."

Ich möchte nicht in der Erinnerung leben, nicht in der Vergangenheit! Ich möchte, dass Milo hier sitzt und nicht dieser Unbekannte!

"Melanie, meine erste Frau, ist vor anderthalb Jahren gestorben. Es vergeht kein Tag, an dem ich nicht an sie denke. So oft ich kann, besuche ich sie hier auf dem Friedhof. Doch auch wenn nichts mehr so sein wird, wie es einmal war: Wunden werden tatsächlich zu Narben, glauben Sie mir. Und man lernt, damit zu leben."

Nein, niemals.

"Wissen Sie, was meine Melanie immer gesagt hat? Worte, die mich seit ihrem Tod begleiten und ich glaube fest an sie: 'Man muss immer einmal öfter aufstehen, als man hingefallen ist.'"

23. Kapitel

Nein, sie fühlte sich noch nicht bereit dazu, einen neuen Mann in ihr Leben zu lassen. Sie glaubte nach wie vor, dass in ihrem Herzen niemals Platz für einen anderen als für Milo sein würde. Immer noch würde sie sich am liebsten den ganzen Tag über in ihrer Wohnung einschließen. Auch ihre Fugues wurden leider häufiger. Beinahe täglich fehlten ihr Teile ihres Lebens. Die einen Male waren es wenige Augenblicke und sie konnte sich nicht erinnern, wie sie ins Bad oder in die Küche gelangt war oder was sie dort gewollt hatte; andere Male fand sie sich im Wald, in einem Supermarkt oder im Stadtpark wieder.

Die Friedhofsbesuche dagegen entwickelten sich zu Konstanten. Die anschließenden Gespräche im Café ebenfalls.

Oft schwiegen Dominik und sie sich nur an, doch manchmal berührte er auch Stellen in ihr, die bisher Milo vorbehalten waren.

Ob sie sich sexuell angesprochen fühlte, fragte sie sich schließlich, und ob sie Dominik als attraktiv und begehrenswert empfand. Sicher, er sah gut aus; man merkte ihm an, dass er regelmäßig Sport trieb und er achtete auf sein Äußeres. Doch sie konnte die Frage ganz eindeutig für sich verneinen.

Sie spürte lediglich eine Art Seelenverwandtschaft.

Aber diese tat ihr unglaublich gut.

Eines Nachmittags, sie kannten sich nun seit vierzehn Tagen, begann er das Gespräch mit den Worten: "Ich muss dir etwas beichten."

Sie verstand nicht. Dominik war ihr keine Rechenschaft schuldig. Für nichts.

"Ich bin verheiratet."

Das einzige, was sein Eingeständnis auslöste, war Irritation.

"Aber … Melanie."

Gerade mal anderthalb Jahre waren seit Melanies Tod vergangen. Wie konnte er da schon wieder eine neue Frau haben?

Wo sie selbst doch niemals wieder …

"Nina war für mich da, als es mir schlecht ging."

Er nahm einen Schluck aus seiner Espresso-Tasse, ehe er fortfuhr: "Und als ich dich sah, am Grab deines Mannes, da hatte ich das Bedürfnis, dir etwas davon zurückzugeben."

Sein Blick wirkte seltsam. Er drückte eine Erwartungshaltung aus, aber Alex wusste nicht, welche.

"Es kümmert dich gar nicht, dass ich verheiratet bin?"

"Ich bin überrascht, doch."

"Aber nicht mehr als 'überrascht'?"

Was meinte er?

Hätte sie enttäuscht sein sollen? Warum? Hatte er sich etwa Hoffnungen gemacht?

Nein, das konnte nicht sein. Er war doch verheiratet!

Sicher irrte sie.

"Bist du denn glücklich mit Nina?"

Es dauerte einige Augenblicke, ehe er antwortete.

"Bei weitem nicht so glücklich wie mit Melanie."

"Dominik?"

"Ja?"

"Ich verrate dir auch ein Geheimnis."

Neugierig sah er sie an.

"Ich leide an einer seltenen Krankheit."

Und so erzählte sie ihm von der Poriomanie.

24. Kapitel

Konnte man träumen, während man träumte?

Alex lag auf dem Edelstahltisch des Leichenkühlraums und hielt die Augen geschlossen. Sie hatte sich plötzlich zurückerinnert, an Dominik, wie sie ihn kennengelernt und sich mit ihm getroffen hatte.

Vor ihrem inneren Auge sah sie den Milchkaffee auf dem Tisch des kleinen Cafés beim Friedhof vor sich und das Stück Schneewittchenkuchen, das daneben gestanden hatte.

Nein, Dominik war keine Traumgestalt. Genausowenig wie Milo.

Das war ihr echtes Leben gewesen!

Sie schlug die Augen auf und sah umher: die Schubladen mit den Leichen, der Spind, das Waschbecken.

Doch was stellte diese Umgebung dar?

Auf keinen Fall das echte Leben!

Aber was war es dann?

Eine Wahnvorstellung?

War sie ihrer Krankheit endgültig erlegen und fand nicht mehr aus der Scheinwelt hinaus?

Wieso tauchten immer mehr Fetzen aus ihrem Gedächtnis auf?

Milo. Dominik. Ihr Vater. Frau Boose.

Dieser vermaledeite Keller.

Und dieses vermaledeite Haus.

Konnte man es überhaupt ein Haus nennen?

Die Räume im Erdgeschoss hatten sich seit ihrem ersten Aufwachen verändert.

Zuerst war eine Küche dort gewesen, ihr Vater hatte sie am Küchentisch wegen der umgeknickten Blumen zur Rechenschaft gezogen, später hatte sie die

Krankenzimmer ihres Vaters und ihrer Mutter im Erdgeschoss erreicht.

Zimmer, die sich veränderten.

Aber was war gleich geblieben?

Der Raum hier, in dem sie saß.

Das Zimmer gegenüber: ihr Badezimmer.

Die Treppe in den ersten Stock, mitsamt dem mysteriösen Jungen.

Ihre Gedanken kehrten zu ihrem Bad zurück. Und sie erinnerte sich an die hellblauen Kacheln, an den Duschvorhang mit den Muscheln darauf. An das überdimensionierte Seepferdchen, das sie neben das Fenster geklebt hatte.

Das Fenster!

Ja, in ihrem Badezimmer war eines gewesen.

In diesem Duplikat dort drüben ebenfalls?

Sie konnte sich nicht daran erinnern.

Aber sie würde es herausfinden!

Vielleicht gelangte sie dadurch hinaus ins Freie und damit zurück ins Leben.

Einen Versuch war es wert.

Sie stand auf, ging zur Tür und weiter hinaus auf den Gang.

Etwas knisterte.

Das Geräusch kam direkt aus der Richtung des Badezimmers.

Allen Mut zusammennehmend beugte sie sich hinab und spähte durch das Schlüsselloch.

Enttäuschung machte sich breit, denn das Badezimmer war verschwunden.

An seiner Stelle befand sich ein kahler, grau verputzter Raum, keine Fenster.

Und an einer der Wände, neben einer Steckdose, kniete die dicke Frau.

In jeder Hand hielt sie eine Stricknadel und nun schob sie diese geradewegs in die Steckdose. Die Frau vibrierte am ganzen Körper und wieder hörte Alex das Knistern.

Der Kopf der Frau drehte sich und sie sah nun genau in Alex' Augen.

Ihr Blick wirkte einladend und ihr Mund bewegte sich.

"Komm zu mir und berühr mich", las Alex von ihren Lippen ab.

Gleichzeitig zuckte Strom durch Alex' Körper, eine Sekunde lang, als habe sie der Aufforderung tatsächlich Folge geleistet.

Sie erschauderte.

Nein, sie wollte nicht zu der Frau. Auf gar keinen Fall!

Rasch wandte sie sich wieder ab und als sie sich umdrehte, sah sie, dass im Leichenkühlraum zwei weitere Schubladen halb offen standen.

25. Kapitel

Alex hatte Angst vor dem, was sie in den Schubladen vorfinden würde.

Und doch: Sie musste es in Erfahrung bringen. Möglicherweise brachte es sie der Lösung ihres Problems wieder ein Stück näher.

Langsam näherte sie sich und zog vorsichtig die erste der beiden Schubladen so weit heraus, dass sie das Gesicht erkennen konnte.

Melanie. Dominiks erste Frau.

Sie wirkte friedlich. Gerade so, als würde sie schlafen und könnte in jedem Moment aufwachen.

Melanie hatte langes, glattes, dunkelbraunes Haar. Trotz blasser Gesichtsfarbe und geschlossenen Augen strahlte sie eine kaum zu übersehende Attraktivität aus. Ja, Melanie musste hübsch gewesen sein, als sie noch lebte.

Gleichzeitig wurde Alex bewusst, dass sie ihr nie begegnet war. Sie kannte sie nur aus Dominiks Erzählungen.

Und doch war sie sich sicher, dass sie Melanie vor sich liegen hatte.

Sie ahnte bereits, wen sie in der anderen Schublade entdecken würde.

Dennoch erschrak sie, als ihre Vermutung grausame Gewissheit wurde. Auf Brusthöhe hatte die darin liegende Tote eine blutige Wunde. Und sie erkannte sofort, dass eine Schusswaffe sie verursacht hatte. Die Wunde war trocken, das Blut darum herum verschorft, und so wie es aussah, mussten es mehrere Einschüsse gewesen sein.

Ihr Blick wanderte weiter zum Kopf.

Welch ein Kontrast zum entspannten Gesicht Melanies!

Die Tote hatte Augen und Mund weit geöffnet, ihr Blick spiegelte Erschrecken wieder, und Unglauben.

Der Tod war plötzlich über sie gekommen und hatte die letzte Sekunde ihres Lebens eingefroren.

Nina. Dominiks zweite Frau.

Und Alex erinnerte sich daran, dass sie sie erschossen hatte.

26. Kapitel

Die Tote hielt einen Brief in den Fingern, darauf deutlich zu erkennen: ein handschriftliches 'A', ein großer Druckbuchstabe ohne jegliche Schnörkel.

Alex wusste, dass sie das Kuvert schon einmal in Empfang genommen hatte. Sie sah genau vor sich, wie sie es seinerzeit aus dem Briefkasten geholt hatte. Noch einmal durchlebte sie die Verwunderung darüber, dass weder Anschrift noch Absender darauf gestanden hatten, nur dieses 'A'.

Natürlich stand es für ihren Vornamen.

Noch im Hausflur riss sie den Umschlag auf.

'Du Flittchen!' las sie dort, wo ansonsten bei normalen Briefen die Anrede stand.

Alex konzentrierte sich. Sie hätte gerne, dass sich die Buchstaben in 'Liebe Alexandra' verwandelten. Doch sie taten ihr den Gefallen nicht.

Auf dem Originalbrief im Hausflur hatte das Schreiben mit 'Du Flittchen!' begonnen, bei seinem Duplikat im Leichenkühlraum, das sie gerade aus dem Kuvert befreit hatte, ebenfalls.

'Lass meinen Mann in Ruhe', fuhr der Brief fort und Alex schloss die Augen.

Sie wusste genau, wie er weitergegangen war.

'Er gehört mir. Wenn du dich noch einmal mit ihm triffst, wirst du es bereuen, elende Schlampe.'

Bereits damals war ihr sofort klar gewesen, dass mit 'er' Dominik gemeint war und dass der Brief von seiner Frau Nina stammte.

Wie kam Nina auf die absurde Idee, dass sie etwas von Dominik wollte?

Denk nach, Alex, du triffst dich täglich mit einem Mann

in einem Café. Würde da nicht jede Frau einen solchen Verdacht hegen?

Aber sie führten lediglich Gespräche, trösteten einander. Nach dem Café trennten sich ihre Wege. Mehr war für Alex da nicht.

Aber was, wenn Nina recht hatte und Dominik tatsächlich mehr wollte?

Hatte sie es ihrem Mann angemerkt?

Oder hatte er es ihr womöglich eingestanden?

Sie konnte sich bei ihm nicht sicher sein, ob seine Gefühle nicht doch über die Seelenverwandtschaft hinausgingen.

Und wenn sie ehrlich zu sich selbst war, konnte sie es noch nicht einmal bei sich selbst völlig ausschließen. Wäre sie Dominik in einer anderen Phase ihres Lebens begegnet, er hätte ihr definitiv gefallen, sogar gut gefallen.

Aber so oder so: Dieser Brief war eine Unverschämtheit!

Alleine die Wortwahl. Das musste sie sich nicht bieten lassen.

Am liebsten hätte sie sofort bei Nina angerufen und sie zur Rede gestellt.

Die Erfahrung hatte sie gelehrt, dass es in solchen Situationen sinnvoller war, eine Nacht darüber zu schlafen, ehe man reagierte. Wenn man sich erst einmal etwas beruhigt und nachgedacht hatte, traf man die besseren Entscheidungen als im Affekt.

Am Morgen darauf ärgerte sie sich immer noch über den Brief. Aber sie entschied, sich keine Blöße zu geben. Sie würde das Schreiben einfach ignorieren. Sie nahm den Umschlag und das Blatt Papier in die Hand und zerriss beides in kleine Teile.

Auch Dominik gegenüber würde sie den Brief nicht

erwähnen. Sie wollte versuchen, ihn zu ignorieren.

Mit dem zweiten, ein paar Tage später, verfuhr sie ebenso.

Erst beim dritten reagierte sie.

27. Kapitel

Mit den Fingern rieb Alex am Papier. Sie hatte Ninas Brief doch zerrissen. Wieso fand sie ihn nun unversehrt wieder?

Er fühlte sich ganz normal an und wirkte nicht so, als hätte ihn jemand aus dem Papierkorb gefischt und anschließend zusammengeklebt.

Eine Illusion, Alex, wie alles andere um dich herum.

Doch damals war der Brief keine Illusion gewesen.

Als der dritte sie erreichte, sprach sie Dominik darauf an.

"Was? Ich verstehe nicht", antwortete er.

"Sieh ihn dir selbst an", meinte sie, nahm den Umschlag mit dem handschriftlichen 'A.' aus der Handtasche und legte ihn neben Dominiks Espresso.

Sie fühlte, wie Röte in ihre Wange schoss, während Dominik den Umschlag öffnete und das Papier entnahm.

Nein, er las es nicht laut vor, noch nicht einmal seine Lippen bewegten sich; und doch wusste Alex genau, an welcher Stelle der Zeilen er sich befand.

'Du verdammtes, elendes Miststück!

Dies ist meine letzte Warnung.

Nimm deine Pfoten von meinem Mann.

Er gehört mir. Mir allein!

Du wirst ansonsten bald selbst auf dem Friedhof liegen, Schlampe!!!'

Als Dominik zu Ende gelesen hatte, schloss er die Augen. Er atmete hörbar ein und wieder aus.

"Vielleicht ist es besser, wenn wir uns nicht mehr treffen", begann Alex.

"Nein!", antwortete Dominik sogleich und sah sie wieder an. "Damit darf sie nicht durchkommen!"

Etwas leiser ergänzte er: "Nicht schon wieder."

"Was meinst du mit 'nicht schon wieder'?"

"Meine Kollegin hat ebenfalls solche Briefe erhalten."

Wie Dominik ihr erzählt hatte, arbeitete er als Sachbearbeiter in einer Firma, die elektronische Bauelemente herstellte.

"Was passierte da?"

"Nichts. Genau wie bei uns beiden. Sophie und ich hatten bereits seit Jahren im selben Büro gesessen und zusammengearbeitet, also viel länger als ich Nina überhaupt kenne. Wir verstanden uns gut. Mehr war da nicht. Nicht in all der langen Zeit."

"Verstanden? Wieso sprichst du in der Vergangenheitsform? Was ist aus Sophie geworden?"

"Sie hat sich versetzen lassen. Bereits nach dem zweiten Brief."

"Oh je."

"Ich war stocksauer auf Nina. Das kannst du mir glauben! Ich habe sie zur Rede gestellt. Ihr einen Psychologen empfohlen. Diese Eifersucht – sie ist regelrecht zwanghaft."

"Und? Ist sie inzwischen in Behandlung?"

"Nein. Aber sie hatte mir versprochen, dass so etwas nie wieder vorkommt."

"Hat hervorragend funktioniert", meinte Alex ironisch.

"Es tut mir wirklich sehr, sehr leid. Du bist ein wunderbarer Mensch, Alex. So etwas hast du nicht verdient. Nicht, nach all dem, was du die letzten Wochen durchgemacht hast."

"Und jetzt? Ist das unser letztes Treffen?"

"Auf gar keinen Fall!"

Er dachte nach, dann sagte er: "Nina ist gerade auf dem Weg zum Flughafen. Sie fliegt zum Shoppen nach New York und kommt erst übermorgen zurück. Ich spreche mit ihr, sobald sie am Sonntag wieder hier ist."

Alex wunderte sich. Zum Einkaufen in eine andere Stadt zu fliegen, wäre ihr selbst nie in den Sinn gekommen. Geschweige denn, dass sie das Geld für solch einen Kurztrip hätte.

"Wie geht es bei uns weiter?"

"Wir treffen uns wie immer morgen auf dem Friedhof."

Ja, das waren die Worte, die Dominik zu ihr in dem Café gesprochen hatte. Und er hatte sie darum gebeten, auf keinen Fall zur Polizei zu gehen. Alex wäre überhaupt nicht auf diese Idee gekommen.

Nun saß sie da, ließ die Beine vom Edelstahltisch baumeln, und starrte auf Ninas Brief.

War es zu dem Treffen am Tag darauf gekommen?

Der Reihe nach, Alex, da ist etwas passiert, als du nach Hause gekommen bist. Aber was?

28. Kapitel

Der Weg vom Friedhof zurück zu ihrer Wohnung dauerte zu Fuß etwa eine halbe Stunde. Eine halbe Stunde, um ihre Gedanken zu sortieren. Früher hatten sie sich um Milo und ihren Vater gedreht, nun zunehmend um Dominik und Nina.

Als sie an einem Steinmetzbetrieb vorüberkam, der sinnvollerweise direkt neben dem Friedhof lag, fühlte sie sich plötzlich beobachtet. Aber als sie sich umdrehte, war dort niemand.

Spielten ihr ihre Sinne einen Streich?

Was, wenn diese verrückte Nina auf die Idee gekommen war, ihr nachzustellen?

Sollte sie nicht eigentlich verreist sein?

Oder hatte sie Dominik angelogen und führte etwas ganz anderes im Schilde?

Nach der nächsten Straßenecke versteckte Alex sich in einem Hauseingang. Falls Nina sie tatsächlich verfolgte, so würde sie gleich an ihr vorübergehen.

Und dann würde Alex sie zur Rede stellen!

Doch niemand kam.

Litt sie jetzt auch noch unter Verfolgungswahn?

Nein, das durfte sie nicht zulassen. Dann hätte Nina bereits gewonnen.

Und in Verbindung mit ihren Fugues würde es wohl nicht mehr lange dauern, bis sie in der geschlossenen Abteilung des örtlichen Krankenhauses landete.

Sie zog bereits gegen ihre Poriomanie zu Felde, sie würde auch den Kampf gegen Nina aufnehmen.

Entschlossen verließ sie den Hauseingang und ging festen Schrittes weiter nach Hause.

Im Postkasten fand sie keinen vierten Brief vor und atmete auf.

Dann stieg sie die Treppe zum zweiten Stock hinauf, zu ihrer Wohnung.

Vor der Tür, auf dem Fußabstreifer, lag ein Paket, etwa Schuhkarton-Größe.

Kein Empfänger, kein Absender darauf.

Alex konnte sich nicht daran erinnern, irgendetwas bestellt zu haben.

Obwohl sie Angst davor hatte, was sie in dem Karton vorfinden würde, zog er sie magisch an. Sie konnte gar nicht anders, als sich zu bücken und ihn aufzuheben.

Das Paket war mit keinem Klebeband gesichert, die vier oberen Laschen einfach wechselseitig verkeilt. Sie zog an einer, sah hinein – und ließ das Paket sofort fallen.

Der Inhalt purzelte heraus und ihr direkt vor die Füße.

Eine tote Ratte.

29. Kapitel

Alex saß auf dem Edelstahltisch und glaubte, das tote Tier aus ihrer Erinnerung erneut vor sich zu sehen und zu riechen. Sie kniff die Augen zusammen und rümpfte die Nase. Dabei spürte sie an ihren Fingerspitzen, dass sich das Papier in ihrer Hand auflöste. Als sie die Augen wieder öffnete, war Ninas erster Brief verschwunden.

Ihr linkes Handgelenk juckte. Ganz instinktiv kratzte sie sich und erschrak.

Es fühlte sich klebrig an, wie Blut. Doch als sie die Stelle begutachtete, schien alles in Ordnung zu sein. Sie konnte keine Ursache für die Reizung entdecken.

Dann entdeckte sie, dass der Spind offen stand.

War er gerade eben nicht noch geschlossen gewesen?

Im Spind, auf dem Boden, lag ein Paket. Es sah genauso aus wie das, das sie vor ihrer Wohnungstür entdeckt hatte.

Nein, sie wollte die tote Ratte nicht noch einmal finden.

Sie hatte sie doch in eine Zeitung eingewickelt und in den Bio-Müll geworfen.

Wie kam sie hierher?

Wie alles andere auch, Alex. Es existiert nur in deinem Kopf, in deiner Fantasie, in deinem Wahn.

"Man muss immer einmal öfter aufstehen, als man hingefallen ist."

Milo. Sie hatte seine Stimme gehört.

Aufgeregt sprang sie vom Tisch, drehte sich um sich selbst und blickte suchend umher.

"Milo?"

Hatte er ebenfalls den Weg hierher gefunden?

Sie konnte ihn nirgends entdecken!

"Milo?", rief sie nun deutlich lauter.

Doch niemand antwortete.

Hatte sie sich die Worte nur eingebildet?

Aber sie hatte sie doch laut und deutlich gehört!

Noch einmal sah sie sich um und ihr Blick verharrte schließlich auf dem Karton.

Wollte ihr Milo sagen, dass sie hineinschauen sollte?

Langsam ging sie darauf zu.

Sie fühlte ein Déjà-Vu, als sie sich nach dem Paket bückte.

Allen Mut zusammennehmend zerrte sie an einer der vier Laschen.

Keine tote Ratte.

Vor ihr im Paket lagen verschiedene Utensilien.

Ein Schlüsselbund. Ein Lippenstift. Ein Schminkspiegelchen. Eine Packung Taschentücher. Ein Medikamentenblister mit Kopfschmerztabletten.

Doch am auffälligsten war die Pistole: Die Pistole, mit der sie Nina erschossen hatte.

30. Kapitel

War sie deswegen hier gelandet? Weil sie eine Mörderin war?

Manche Katholiken glaubten an das Fegefeuer, den Vorhof der Hölle.

Sah man seine Schuld ein und büßte dafür, wurde man gereinigt und konnte der ewigen Verdammnis gerade noch entgehen.

Befand Alex sich zu einer Art Läuterung in diesem Keller?

Sie erinnerte sich an den Tag, als sie geglaubt hatte, die Pistole zum ersten Mal zu sehen.

Im ersten Moment hatte sie nicht realisiert, was da vor ihr lag. Bevor sie die Wohnung verließ, um zum Friedhof aufzubrechen, warf sie wie immer einen Blick in ihre Handtasche, ob sie alles mit sich führte, was sie benötigte. Und mittendrin, zwischen Schminkutensilien, Portemonnaie und Schlüsseln, präsentierte sich die Pistole.

Dann, im zweiten Moment, zuckte sie zusammen. Für einen Augenblick wurde ihr schwindlig und als könnte sie die Pistole dadurch verschwinden lassen, schloss sie rasch die Handtasche.

Wie kam eine Pistole dorthin?

Wer hatte sie hineingelegt?

Und warum?

Diese verdammten Fugues!

Wer – außer ihr selbst – könnte es gewesen sein?

Wie hatte sie die Waffe besorgt?

Hierzulande konnte man nicht einfach in einen Supermarkt gehen und eine kaufen, so wie in Amerika.

Wie besorgten sich die Verbrecher im 'Tatort' oder bei

'Aktenzeichen XY' ihre Waffen?

Es gab einen Schwarzmarkt, oder?

Alte Militärbestände der Roten Armee oder der NVA.

Wen sprach man an, wenn man sich eine besorgen wollte?

Zwielichtige Personen aus dem Rotlicht-Milieu?

Anscheinend hatte sie sich in ihrer Fugue zu helfen gewusst.

Erst gestern hatte sie Grasflecken an einem ihrer Sommerkleider entdeckt und sich nicht mehr daran erinnert, wo diese herkamen.

Sie hatte keine Kontrolle darüber, wo sie hinging und was sie unternahm.

Aber warum hatte sie sich eine Pistole zugelegt?

Hatte sie sich bedroht gefühlt?

Durch wen oder was?

Nein, ihre Probleme kamen nicht durch Außenstehende.

Ihre Probleme entstanden in ihr. In ihrer Psyche.

Geboren aus Leid und Trauer.

Sie spürte, wie ihr Tränen in die Augen stiegen.

Sie klappte die Handtasche wieder auf und nahm die Pistole in die Rechte.

Der kleine Hebel am Schaft sorgte dafür, dass man die Waffe entsichern konnte.

Klick.

Es wäre ganz einfach, jetzt die Pistole auf sich selbst zu richten und abzudrücken.

Sie führte sie an die Schläfe.

Nein, sie hatte gehört, dass man das überleben konnte und im ungünstigsten Fall lediglich die Sehnerven zerstörte.

Zu erblinden hätte ihr gerade noch gefehlt.

Also steckte sie sich den Lauf in den Mund.

Das Metall schmeckte widerlich und sie würgte. Sie

konnte gar nicht anders, als die Waffe wieder zu entfernen.

Aber das war sicherlich ihre Intention gewesen, oder? Dieses Elend ein für alle Mal zu beenden.

Dominik bestätigte später ihre Vermutung.

Er erschrak sichtlich, als sie ihn im Café am Friedhof in ihre Handtasche blicken ließ.

"Oh, mein Gott", stammelte er.

"Das darfst du nicht tun, Alex!"

"Nein, ich möchte das auch nicht."

"Aber warum hast du dir dann die Waffe besorgt?"

"Ich weiß es doch nicht."

Alex ließ den Kopf nach unten sacken und begann zu weinen. Die Bedienung, die wie immer einen Milchkaffee und einen Espresso brachte, beachtete Alex' Zusammenbruch gar nicht. Vermutlich war sie derartiges von Friedhofbesuchern gewohnt.

Als sie wieder verschwunden war, flüsterte Alex leise: "Ich komme durchaus in Versuchung."

"Nein, Alex, bitte nicht. Das Leben ist viel zu kostbar."

"Ja, jetzt weiß ich das. Aber weiß ich es auch später noch, wenn ich nicht mehr Herr meiner Sinne bin?"

"Wir müssen sie beseitigen!", sagte Dominik, nachdem er kurz überlegt hatte und Alex nickte.

"Hast du auch eine Plastiktüte in deiner Handtasche?"

"Plastiktüte? Was sollen wir mit einer Plastiktüte?"

"Da stecken wir sie hinein. Drüben, bei dem Steinmetz, da steht ein Müllcontainer. Wir können sie nicht einfach so hineinwerfen."

Sie wollte das Ding nicht mehr anfassen und reichte Dominik die komplette Handtasche. Der kramte darin und Alex hörte ein Rascheln. Als er seine Hände wieder herausnahm, hielt er eine dunkelblaue Plastiktüte in der Hand. Man erkannte an den Ausbuchtungen, dass sie die

Waffe enthielt.

Sie leerten ihre Tassen, bezahlten und gingen gemeinsam hinüber zu dem Müllcontainer.

Vor ihren Augen warf Dominik sie hinein.

Aber irgendwie musste sie dort wieder herausgekommen sein, denn eins ihrer Projektile traf später Dominiks Frau Nina direkt ins Herz.

31. Kapitel

"Alex! Was hast du getan?"

Vor ihr auf dem Boden lag Nina. Eine offene Wunde an ihrer linken Brust. Alex zweifelte keine Sekunde daran, dass jede Hilfe zu spät kam. Um sie herum lagen Stoff- und Schaumstofffetzen. Die Überreste eines Kissens. Das schloss Alex aus dem Umstand, dass sie sich in einem Schlafzimmer befand.

Sie kannte das Schlafzimmer nicht, ein Doppelbett stand darin, darauf zwei Zudecken und ein Kopfkissen.

Über dem Kopfende ein gemaltes Portrait der Jungfrau Maria.

Jetzt spürte sie, dass sie etwas in der Hand hielt. Sie sah es sich an.

Eine Pistole!

Erschrocken ließ Alex die Waffe fallen.

Das Scheppern dröhnte in ihren Ohren.

"Alex? Hörst du mich? Bist du bei dir?"

Sie erkannte die Stimme: Dominik.

Er schien hinter ihr zu stehen und sie wandte sich ihm zu.

Sein Gesicht kreidebleich, Unglauben in seinen Augen.

Dann sah er zu der Toten.

"Nina."

Auch er schien zu begreifen, dass bereits jegliches Leben aus ihr gewichen war.

Alex' Verstand wehrte sich dagegen, eins und eins zusammenzuzählen, doch schließlich kapitulierte er.

Verfluchte Krankheit.

Sie gestand sich ein, dass sie zu einer Gefahr für sich selbst geworden war – und zu einer Gefahr für andere.

Leider kam die Erkenntnis zu spät.

Ein Mensch war durch ihre Hand getötet worden.

Das ganze Zimmer drehte sich um sie herum, sie verlor ihr Gleichgewicht und sackte in sich zusammen.

32. Kapitel

Als Alex erwachte, lag sie wieder auf dem Edelstahltisch.
In ihrer rechten Hand spürte sie den Schaft der Waffe.
Sie stand auf, ging hinüber zum Lichtschalter und drückte ihn.
Voller Entsetzen betrachtete sie die Pistole.
Nein, sie wollte das Teil nicht bei sich haben. Sie wollte es loswerden.
Und sie wollte hier hinaus. Jetzt!
Zornig schleuderte sie die Waffe direkt auf den Spiegel, der in unzählige Scherben zersprang.
"Sehr sinnvolle Aktion, Alex."
Die Stimme des Jungen. Sie drehte sich einmal um sich selbst. Wo kam sie her?
"Was willst du von mir?"
"Du musst dich beeilen."
"Warum? Was passiert, wenn ich es nicht tue?"
"Möchtest du für immer hier bleiben?"
"Lass mich endlich raus!"
"Ich bin nicht dein Gefängniswärter. Ich bin dein Freund."
"Dann hilf mir."
"Das tue ich bereits."
Und wieder roch sie Erdbeeren.
Das Badezimmer. Es lockte sie.
Ob sie noch einmal einen Blick riskieren sollte?
Vielleicht war es wieder aufgetaucht.
Sie konnte gar nicht anders als hinüberzugehen, sich zu bücken und durchs Schlüsselloch zu sehen.
Tatsächlich. Die kahlen, grauen Kellerwände waren erneut von hellblauen Kacheln bedeckt. Ihr eigenes Badezimmer, inklusive des Duschvorhangs mit dem

Muschelmuster. Eine identische Kopie; abgesehen davon, dass das Fenster neben dem riesengroßen, aufgeklebten Seepferdchen fehlte.

Die dicke Frau drehte ihr diesmal den Rücken zu. Sie bückte sich über etwas, das in der Badewanne lag.

Als die Dicke zur Seite ging und die Sicht freimachte, erkannte Alex, wer sich in der Badewanne befand.

Sie war es selbst!

Die Augen hielt ihr Ebenbild geschlossen; das linke Handgelenk sah aus, als wäre etwas darum gewickelt, und Alex ertappte sich dabei, dass sie gerade exakt an dieser Stelle kratzte und es sich erneut wie eine blutende Wunde anfühlte.

Als sie hinsah, konnte sie jedoch keine Verletzung erkennen.

Erneut spähte sie durch das Schlüsselloch.

Alex spürte, dass ihr Ebenbild in der Wanne nicht nur schlief.

Jetzt drehte sich die Dicke zu ihr um und Alex wandte erschrocken den Blick ab.

33. Kapitel

Der mysteriöse Junge behauptete, ihr Freund zu sein und ihr zu helfen.

Sie würde ihn zur Rede stellen.

Jegliche Vorsicht missachtend nahm Alex immer zwei Stufen auf einmal. So schnell wie möglich wollte sie ins Erdgeschoss und dann weiter zur Treppe nach oben.

Aber als sie dort ankam, fand sie sich erneut in einem Krankenhausflur wieder.

Im ersten Augenblick erkannte sie den Mann nicht, der genau auf sie zu kam und einen Strauß bunter Herbstblumen in der Hand hielt.

Er war viel jünger, als sie ihn in Erinnerung hatte.

Doch sie hatte Fotos gesehen von ihren Eltern bei ihrer Hochzeit und bei Urlaubsreisen nach Spanien und Italien, bevor sie selbst zur Welt gekommen war: Es war zweifellos ihr Vater.

Sein Gesicht drückte Sorge aus.

"Papa?", flüsterte sie, aber er reagierte nicht.

Er schritt genau auf sie zu – und ging durch sie hindurch, gerade so, als wäre sie ein Geist.

Dann klopfte er zaghaft an eine Krankenhaustür und wartete nicht auf das 'Herein', bevor er die Klinke hinunterdrückte.

Alex folgte ihm.

Die jüngere Ausgabe der Mutter, die sie kannte, lag dort im Bett und sah blass und erschöpft aus.

Alex' Vater beugte sich zu ihr, drückte seine Wange an die ihre und küsste sie dann zärtlich.

"Bitte", schluchzte sie. "Sag mir einfach die Wahrheit."

"Die Krankenschwester sagte, du bist gerade eben erst aufgewacht."

"Ja." Sie stützte sich auf und sah sich um. "Wo ist mein Baby?"

Kraftlos ließ sie sich zurück auf das Kopfkissen fallen.

"Ich weiß doch, dass etwas nicht stimmt", sagte sie. "Die Krankenschwester hat sich so seltsam verhalten."

"Du musst stark sein, Schatz", sagte ihr Vater und war es selbst nicht. Aus beiden Augen rannen Tränen. Den Strauß mit den Blumen ließ er einfach los und er fiel zu Boden.

"Bitte. Ich muss es wissen."

"Das Mädchen ist gesund und außer Lebensgefahr."

"Aber ... was ist es dann?"

"Der Junge."

Welcher Junge?, dachte Alex.

"Was ist mit ihm?"

"Er war nicht da."

"Wie 'Er war nicht da'?"

"Du hast nur das gesunde Mädchen zur Welt gebracht."

"Ich verstehe das nicht."

"Ich auch nicht, und Dr. Wiederer sagt, es käme auch nur äußerst selten vor."

Er machte eine Pause.

"Es sei das eingetroffen, was er befürchtet hatte, nachdem der kleine, tote Fötus auf den letzten Ultraschallbildern neben dem wachsenden Mädchen nicht mehr zu erkennen gewesen war."

"Nein, bitte nicht", sagte ihre Mutter und versuchte, sich die Ohren zuzuhalten.

"Leider doch", widersprach ihr Vater. "Das Mädchen hat den Körper des Jungen absorbiert."

In das Schluchzen von Alex' Mutter drang die Stimme des Jungen von der Treppe.

"Und? Bist du nun bereit fürs Oberstübchen, Schwesterherz?"

III. Teil

Fugues

34. Kapitel

Alex drehte sich um und war plötzlich wieder auf der Treppe, die in den ersten Stock führte. Der Junge stand ihr gegenüber und lächelte sie fröhlich an.

Sie wollte nicht wahrhaben, was sie eben gesehen und gehört hatte.

"Wer bist du?", wollte sie deshalb wissen.

"Oh", sagte der Junge. "Die Frage hast du mir schon einmal gestellt. Wenn du dir etwas Mühe gibst, kannst du dich vielleicht an den sonnigen Sommertag erinnern, an dem wir uns das erste Mal begegnet sind."

Was meinte er nur?

"Wer bist du?", hörte sie sich selbst erneut fragen, doch die Stimme war diesmal die ihres jüngeren Ichs.

Sie saß auf der steinernen Umrandung ihres Sandkastens im elterlichen Garten, neben sich kleine, bunte Kuchenformen aus quietschbuntem Plastik.

"Ich bin dein Freund", antwortete der Junge, der sich eben zu ihr setzte. Alex schätzte, dass er auf keinen Fall älter sein konnte als sie selbst. Er zwinkerte ihr mit dem linken Auge zu und sie versuchte, es ihm gleichzutun. Es gelang ihr nicht, denn das rechte Auge schloss sich immer mit. Den Jungen veranlasste es dazu zu grinsen.

"Lachst du mich aus?" Alex zog einen Schmollmund.

Der Junge antwortete nicht, aber als er ihr Gesicht musterte, wirkte er besorgt.

"Hast du geweint?", fragte er schließlich.

"Ja", sagte Alex und schluckte. "Wegen Emma. Die ist voll blöd."

"Hat sie dich geärgert?"

"Sie sagt 'Kuchenbacken im Sandkasten' ist was für Babys. Die ist selber ein Baby!"

"Ich kann ja mit dir spielen."

"Ich kenn dich doch gar nicht. Wohnst du hier in der Gegend? Wie heißt du denn?"

"Rate doch mal, Alexandra!"

"Du kennst meinen Namen?"

"Ich weiß so einiges über dich."

"Woher?"

Der Junge zuckte mit den Schultern.

"Ich weiß es eben."

Sie überlegte.

Ihre Mutter hatte ihr gestern Abend vor dem Zubettgehen vom Nimmerland vorgelesen und von dem Jungen, der niemals erwachsen werden wollte. Im Moment lernte sie in der Schule gerade ihre ersten Buchstaben und ihre Mutter hatte gesagt, sie könnte das Buch sicher schon bald selbst lesen.

"Peter!", rief sie und freute sich bereits darauf, wegen des Lesens endlich nicht mehr auf andere angewiesen zu sein.

Doch der fremde Junge schüttelte lediglich den Kopf.

Dann dachte sie an den kleinen, dicken Bären mit dem Honigtopf unterm Arm. Beinahe täglich sah sie sich das Bilderbuch an.

"Winnie!", sagte sie nun.

"Schon wieder falsch", meinte er.

"Sag es mir doch einfach. Ich mag nicht mehr raten."

"Einmal noch. Na, komm schon!"

"Heißt du vielleicht ..."

Sie überlegte, dann lachte sie laut auf.

"... Rumpelstilzchen?"

Plötzlich sprang er auf und Alex erschrak. Wie wildgeworden tanzte er um den Sandkasten.

"Ach wie gut, dass niemand weiß, ..."

Er hopste umher, sprang von einem Bein auf das andere, packte sich am eigenen Oberschenkel und tat gerade so, als wolle er sich selbst in der Mitte auseinanderreißen.

Das fand sie so lustig, dass sie aufkreischte und sich den Bauch hielt, als sie ihn so herumtoben sah.

"... dass ich – na? - heiß?"

Nur mit Mühe konnte sie es zwischen ihren Lach-Attacken herauspressen: "Rumpelstilzchen!"

Er wurde ruhiger und setzte sich wieder neben sie.

"Nein, leider wieder daneben."

"Aber jetzt musst du es mir sagen. Du hast es versprochen. Wenn ich drei Mal geraten habe."

"Mein Name wird dich überraschen."

"Sag ihn mir endlich!"

"Ich heiße Alexander."

35. Kapitel

"Alexander? Das glaube ich dir nicht!"

"Aber es stimmt."

"Das hast du eben erfunden. Weil du weißt, dass ich Alexandra heiße."

Sie überlegte kurz.

"Ah, jetzt weiß ich es. Du hast gehört, wie meine Mama mich gerufen hat. Deswegen kennst du meinen Namen."

"Nein."

"Ich glaube, dass du mich anflunkerst. Und auch mit deinem eigenen Vornamen."

"Aber das tue ich nicht. Ich bin Alexander."

"Ich werde dich einfach Rumpelstilzchen nennen."

Er stand auf und stemmte sich die Fäuste an die Hüfte.

"Wehe!"

"Das sieht immer sehr komisch aus, wenn du dich aufregst, Rumpelstilzchen."

"Nenn mich nicht so!", sagte er und seine Gesichtszüge wurden immer ernster.

"Rumpelstilzchen. Rumpelstilzchen. Rumpelstilzchen."

Erbost trat er ihre Sandkuchen kaputt.

"So, das hast du jetzt davon!"

"Mir doch egal, mach ich eben neue, du Rumpelstilzchen."

Jetzt hüpfte er auf eines der Plastikförmchen, ein orangefarbenes, und es zersprang in mehrere Teile.

"Nenn mich nie wieder Rumpelstilzchen."

Oh, nein. Die Kuchenformen waren nagelneu. Ihre Großmutter hatte sie ihr vergangene Woche gekauft. Und nun war eine davon bereits zersplittert.

Sie senkte den Kopf und begann zu weinen.

Bald hörte sie, dass sich jemand näherte.

"Alexandra?", ihre Mutter sprach. "Was ist los? Warum heulst du?"

"Die Gugelhupf-Form."

"Warum hast du sie kaputtgemacht?", fragte sie vorwurfsvoll.

Aus den Augenwinkeln heraus bemerkte sie, dass ihre Mutter sich nach den Plastikteilen bückte und sie einsammelte.

"Das sieht nicht so aus, als ob man es noch einmal zusammenkleben könnte."

"Aber die war so schön."

"Warum hast du sie dann zerstört?"

"Aber das war ich nicht!", jetzt hob sie den Kopf und sah ihrer Mutter genau in die Augen.

"Hast du dich draufgesetzt?"

Warum hörte ihre Mutter ihr nicht zu?

"Ich war das nicht!", wiederholte sie trotzig.

"Wer soll es denn sonst gewesen sein?"

Sie sah umher. Von dem anderen Kind war weit und breit nichts mehr zu sehen.

"Der fremde Junge. Er ist einfach drauf gesprungen."

"Hier ist niemand außer dir. Ich weiß nicht, von wem du sprichst."

"Von ..."

Im letzten Moment schreckte sie davor zurück, ihn noch einmal Rumpelstilzchen zu nennen. Wer konnte schon wissen, was er in seinem Zorn dann anstellen würde? Aber Alexander wollte sie auch nicht sagen. Sie würde schon noch herausbekommen, wie er wirklich hieß.

"... Peter", sagte sie schließlich.

"Peter Neumann? Ich dachte, die Neumanns sind in Frankreich im Urlaub."

"Nein, nicht Peter Neumann."

"Peter Schibowski? Aus deiner Klasse?"

"Nein, nicht der Peter."

"Also, Fräulein, ich glaube, dass du die Kuchenform selbst zerstört hast. Ich weiß nicht, warum du das getan hast. Vielleicht hast du dich ja nur versehentlich darauf gesetzt. Aber wenn man etwas kaputt macht, dann muss man das auch zugeben und es nicht auf Fantasie-Freunde schieben."

"Ich war das doch nicht", sagte sie leise und musste sich dabei eingestehen, dass es sich sehr unglaubwürdig anhörte. Wie war der Junge nur so rasch verschwunden? Gerade so, als hätte er sich in Luft aufgelöst.

"Ich werde den Gugelhupf entsorgen. Mittlerweile bist du ja ohnehin schon zu groß für Sandkuchen-Backen, finde ich. Das habe ich Oma auch gesagt."

"Aber ..."

"Ich will nichts mehr davon hören!", sagte sie und rauschte wieder ab.

Alex fühlte sich wie ein Häufchen Elend. Sie hatte doch nichts getan. Und nun hatte ihre Mutter auch noch mit ihr geschimpft.

"Tut mir leid", hörte sie eine leise Stimme.

Als sie aufblickte, sah sie den Jungen wieder vor sich.

Ebenso mysteriös wie er verschwunden war, stand er wie aus dem Nichts wieder neben ihr. Er setzte sich zu ihr und legte seinen Arm um ihre Schultern. Da er sich entschuldigt hatte und es sich für Alex aufrichtig angehört hatte, ließ sie ihn gewähren.

"Ich wollte dein Spielzeug nicht kaputtmachen und ich wollte nicht, dass deine Mutter mit dir schimpft."

"Aber die schöne Gugelhupf-Form."

"Du hast doch noch so viele andere schöne Formen. Wollen wir gemeinsam Kuchen backen? Ich helfe dir."

"Also gut", sagte sie, nachdem sie es sich überlegt und die Tränen weggewischt hatte. "Oder ich bin die Bäckerin und du kaufst mir die Kuchen ab."

"Womit denn? Ich habe doch kein Geld."

Suchend blickte sie umher.

"Mit Löwenzahnblüten", meinte sie und zwickte bereits den ersten Blumen die Köpfe ab. Der Junge half ihr. Nachdem sie beide die Hände voll damit hatten, fragte er: "Bist du mir noch böse?"

"Ein bisschen schon noch. Und ich glaube dir nicht, dass du Alexander heißt."

"Es stimmt aber."

"Ich werde dich Peter nennen."

"Immer noch besser als Rumpelstilzchen."

"Und meine Freunde in der Schule sagen Alex zu mir."

"Ich bin dein Freund."

Sie zögerte kurz, dann bestätigte sie: "Okay."

"Was hältst du davon, Alex, wenn wir deiner Freundin Emma einen kleinen Streich spielen? Das hätte sie doch verdient, oder?"

Ja, das hätte sie.

36. Kapitel

"So, Fräulein. Dann setz dich mal zu Mama und mir an den Küchentisch."

Das waren die ersten Worte ihres Vaters, als sie zur Tür hereinkam. Wie immer hatte Jasmins Mutter sie mit dem Auto von der Schule abgeholt und mit nach Hause genommen.

Alex wusste bereits: Wenn Papa oder Mama sie 'Fräulein' nannten, dann kündigte sich eine Standpauke an. Oh je.

Sie ließ den Kopf lieber hängen, als ihren Eltern in die Augen zu sehen. Ihre Schultasche lehnte sie an das Schuhregal im Gang, dann schlurfte sie in die Küche.

Es roch nach Nudelauflauf.

Den liebte sie sehr.

Eigentlich hätte es jetzt Mittagessen geben sollen ...

"Und?", fragte ihr Vater, nachdem sie sich gesetzt hatte.

"Hast du uns etwas zu sagen?"

"Worum geht es denn?", sagte sie kleinlaut.

"Du weißt genau, worum es geht, Fräulein."

Und ihre Mutter ergänzte: "Emmas Mama hat gerade angerufen. Und davor deine Sportlehrerin."

"Ich habe Frau Poletti doch schon gesagt, dass ich es nicht war."

"Sie sagt, du warst als einzige alleine im Umkleidebereich."

"Das stimmt nicht."

"So? Wer ist denn noch dort gewesen?"

Es sprach immer ihr Vater, ihre Mutter schwieg.

Ob sie etwas von Peter erzählen sollte?

Er war plötzlich wieder da gewesen und hatte ihr gesagt, er würde ihr zeigen, wie man Emma eins auswischen könnte.

Das nächste, woran sie sich erinnern konnte, war, wie die Lehrerin vor ihr stand und sie zur Rede stellte.

"Weißt du, warum du mir nicht antwortest? Weil du alleine dort warst! Und du hast auch dieses Zeug in Emmas Halbschuhe geschmiert. Weißt du, dass sie immer noch deswegen weint? Sie ist furchtbar erschrocken, als sie diese braune Masse in ihren Schuhen entdeckt hat."

Das hatte Peter bestimmt so gewollt. Ihr selbst tat es inzwischen leid. Eigentlich war Emma doch ihre Freundin. Nur manchmal verhielt sie sich eben blöd.

"Und außerdem fehlt im Kühlschrank ein Becher Schokoladenpudding. Komischer Zufall, oder? Frau Poletti musste erst einmal an Emmas Schuhen riechen, um herauszufinden, dass es nicht das war, wonach es aussah. Aber es war immer noch jemand anderes, ja, und nicht du?"

Den Becher hatte sie in ihrer Schultasche gefunden und nicht gewusst, wie er dorthin gekommen war. Entweder musste sie ihn selbst aus dem Kühlschrank genommen und es danach vergessen haben oder es war er gewesen … Peter.

"Hat es dir nun die Sprache verschlagen?"

"Es war der fremde Junge", flüsterte sie.

"Welcher Junge?"

"Peter."

Jetzt mischte sich ihre Mutter ein: "Von dem hat sie gestern Nachmittag schon erzählt. Angeblich hat er mit ihr im Sandkasten gespielt und ihre Kuchenform kaputt gemacht."

"So war es auch!", behauptete Alex.

"Da war niemand außer dir im Umkleidebereich, Fräulein. So hat es mir Frau Poletti erzählt."

"Gestern im Garten habe ich ebenfalls niemanden gesehen."

"Aber er war da!"

"Willst du behaupten, dass deine Sportlehrerin lügt?"

"Dann hat sie eben nicht genau hingesehen."

"Wenn du Dinge zerstörst oder anderen Kindern einen Streich spielst, dann musst du es auch eingestehen, wenn du überführt wirst."

"Aber ich bin doch unschuldig", sie wollte weinen, aber es kamen keine Tränen.

"Du gehst nach dem Mittagessen auf dein Zimmer und deine Mutter und ich überlegen uns eine angemessene Strafe."

Sie befürchtete, dass jede Widerrede das Strafmaß verschärfen würde. Schweren Herzens kapitulierte sie.

Sie hasste diesen Peter jetzt schon. Andererseits übte er eine unglaubliche Anziehungskraft auf sie aus.

37. Kapitel

"Jetzt weißt du, wer ich bin", sagte der Junge. "Und wenn du magst, kannst du mich auch gerne wieder Peter nennen. So wie früher."

"An manches kann ich mich wieder erinnern. An anderes nicht."

"Dein Gedächtnis. Es hat dir schon damals Streiche gespielt und tut es nun wieder."

"Bist du real?"

"Für dich auf jeden Fall."

"Habe ich selbst die Kuchenform kaputtgemacht und mir nur eingebildet, dass du es getan hast?"

Er zuckte mit den Schultern.

"Ich weise – wie immer – jegliche Schuld von mir."

Alex fiel etwas ein.

"Die Blumen von Frau Böse. Das warst du auch, oder?"

Die Kellertreppe verschwamm und sie stand vor dem Gartenzaun der ungeliebten Nachbarin, dahinter ihre wunderbar gewachsenen Sonnenblumen. Sie standen am Ende ihrer Blüte, die ersten Kerne waren bereits gereift und herausgefallen. Der Junge lehnte lässig mit dem Ellenbogen auf dem Jägerzaun, beide waren sie Kinder.

"Frau Böse hat mich gestern ausgeschimpft, genau hier", sagte Alex.

"Warum?", wollte Peter wissen.

"Sie sagt, ich hätte Sonnenblumenkerne aus den Blüten gestohlen. Die ist so gemein!"

"Und? Hast du?"

"Nein, habe ich nicht. Ich hab nur welche vom Boden eingesammelt. Für Oma. Sie füttert doch immer die Spatzen."

Sie deutete auf Kerne, die vereinzelt vor dem Zaun auf

dem Gehweg lagen.

"Das sind aber nicht sehr viele. Davon werden die Vögel gewiss nicht satt."

"Was meinst du?"

"Dass wir etwas nachhelfen sollten, damit noch ein paar mehr herausfallen."

Kaum hatte er es ausgesprochen, kletterte er bereits über den Zaun.

"Was machst du?"

"Von der anderen Seite kommt man besser dran."

"Das dürfen wir aber nicht!"

Als er drüben war, hielt er Alex die Hand hin.

"Komm, ich helf dir."

"Ich möchte da nicht rüber. Was ist, wenn sie uns sieht? Außerdem schaffe ich das ganz alleine."

"Tust du nicht!"

"Tu ich wohl!"

Na, das würde sie ihm beweisen, dass sie auch ohne seine Unterstützung über den Zaun klettern konnte!

Ohne weiter zu zögern und seine Hand ignorierend, kletterte sie den Zaun hinauf und auf der anderen Seite wieder hinunter.

"Siehst du", sagte sie und streckte ihm die Zunge raus.

Doch er grinste nur.

Alex erschrak.

Was hatte sie getan?

Sie hatte doch nicht in den Garten eindringen wollen.

Wenn Frau Böse das sah!

Sie blickte sich um. Niemand weit und breit: keine Frau Böse an einem der Fenster, kein Passant auf der Straße.

"Komm schon, Alex. Lass uns Spatzenfutter besorgen! Ist doch für Oma."

"Aber wenn uns jemand erwischt?"

"Wir beeilen uns eben."

"Ach, ich weiß nicht ..."

"Wir schütteln einfach oben an den Blüten. Dann fallen die Kerne heraus und direkt draußen auf den Gehweg. Wir klettern zurück und sammeln sie danach dort auf. Das geht ruck-zuck."

"Also gut. Dann muss ich später gar nicht lügen. Ich kann sagen, dass ich nur welche vom Boden genommen habe."

"Genau!", bestätigte Peter und griff bereits nach einer der Blumen und schüttelte.

Alex zog an einem anderen Blütenkelch, der sich sofort zu ihr neigte. Er reichte aber nicht bis über den Zaun und die reifen Kerne fielen diesseits zu Boden. Also zerrte sie kräftiger daran.

Oh je. Sie hatte die Belastbarkeit der Pflanze überschätzt. Mit einem leisen Geräusch knickte der Stiel und die Blüte baumelte traurig am Stängel.

"Okay, wir können sie auch einfach abreißen", meinte Peter und zerrte bereits an einem Sonnenblumenkopf.

"Nein, nein. Das war doch keine Absicht!", rief Alex rasch.

"Ups. Zu spät."

"Jetzt bekommen wir bestimmt Schwierigkeiten."

"Es hat uns doch niemand gesehen."

"Frau Böse hat mich sowieso schon auf dem Kieker. Sie wird als allererstes mich verdächtigen."

"Jetzt ist es ohnehin egal."

Peter riss bereits einer weiteren Sonnenblume die Blüte ab.

"Wir nehmen sie komplett mit."

"Aber Frau Böse ..."

"Aber Frau Böse, aber Frau Böse ...", äffte Peter Alex nach. "Du bist ein Weichei!"

"Bin ich nicht!"

"Bist du wohl!"

Sie hörte ein Geräusch. Es kam aus dem Gladiolenbeet direkt vor Frau Böses Haus. Auch Peter musste es gehört haben, denn er drehte den Kopf.

Eine Amsel. Nur eine Amsel, die zwischen den Gladiolen nach etwas Essbarem gesucht haben.

"Erinnerst du dich an die Löwenzahnblüten, die wir als Geld benutzt haben?"

"Ja klar. Wieso?"

"Gladiolen sind bestimmt mehr wert."

Er ging hinüber und riss den ersten Gladiolen die Blüten ab.

Sie zuckte zusammen. Das wollte sie ganz und gar nicht.

"Warum tust du das?" Am liebsten hätte sie geweint.

"So oft, wie sie dich und deine Freundinnen gepiesackt hat, hat Frau Böse das verdient. Sie hat es sowas von verdient!"

Ohne jegliche Vorsicht rief er es laut hinaus und wie er so voller Wut tobte, erinnerte er Alex erneut an das Rumpelstilzchen.

Erschrocken hörte Alex, wie jemand ein Fenster öffnete.

Frau Böse! Sie hatte sie ertappt!

Rasch kletterte sie über den Zaun und rannte davon.

Frau Böse schimpfte ihr lauthals hinterher.

38. Kapitel

Und wieder stand Alex mit Peter auf der Treppe in den ersten Stock.

Er lachte.

"Mann, war das lustig damals."

"Für mich nicht", sagte Alex. "Meine Eltern waren ganz schön sauer. Zur Strafe musste ich Frau Böse drei Nachmittage lang bei der Gartenarbeit helfen."

"Ach, komm schon. Das war es doch wert!"

"Für mich war das kein Spaß."

"Auch nicht, als du vor dem Blumengießen das Salz in die Kanne gekippt hast?"

Jetzt steckte sie seine Fröhlichkeit doch an. Sie ertappte sich dabei, dass sie kicherte.

"Sie hat sich später gewundert, warum ihre Blumen in diesem Sommer so rasch verwelkten", sagte sie. "Zum Glück hat sie das nicht mit meiner Gartenarbeit in Verbindung gebracht."

"Erinnerst du dich auch an die Geschichte im Freibad? Die Sonnenblumen hatten uns auf die Idee mit dem Öl gebracht."

Ach ja, die Sache mit dem Öl …

"Die war weniger gut. Danach haben mich meine Eltern zu Dr. Karmeyer geschickt."

"Und der hat dich davon überzeugt, …"

'… dass es mich gar nicht gibt' konnte Alex nur noch in Gedanken ergänzen, denn Peter verblasste vor ihren Augen und verwandelte sich in einen älteren, rotbäckigen Mann mit weißem Haar und weißem Vollbart.

Für Alex sah er aus wie der leibhaftige Weihnachtsmann. Fehlte nur noch die knallrote Mütze.

Er streckte ihr seine große Hand entgegen, in der ihre

regelrecht verschwand, als er sie sanft aber bestimmt drückte.

"Mein Name ist Dr. Karmeyer", sagte er freundlich und blinzelte mit dem rechten Auge.

Alex stellte sich nicht vor. Ihren Namen kannte er ja ohnehin schon. Schließlich hatten ihre Eltern sich bereits ausgiebig mit ihm über sie unterhalten. Anschließend waren sie wieder ins Wartezimmer gekommen und hatten sie allein zu ihm in den Behandlungsraum hineingeschickt.

"Magst du dich setzen? Oder es dir vielleicht auf meiner Liege bequem machen?"

Der hält mich für plemplem, dachte Alex. Aber ich bin nicht verrückt!

Sie mochte nicht, dass er zu ihr herabsah und sie begutachtete. Also nahm sie lieber auf dem Stuhl Platz. Obwohl auch dies keine Augenhöhe bedeutete, fühlte sie sich ihm dennoch ebenbürtiger.

Mit dem würde sie schon fertig werden.

"Kann ich dir etwas zu trinken anbieten? Einen Saft? Ein Glas Wasser?"

"Eine Cola wäre ganz nett."

Im Fernsehen tranken coole Leute oft Whiskey oder Champagner, doch sie traute sich nicht, danach zu fragen.

"Cola habe ich leider nicht."

"Dann nehme ich nichts. Danke."

"Deine Eltern haben mit mir wegen gestern gesprochen."

"Was war gestern denn?"

"Ich glaube, du weißt das ganz genau."

"Nur aus Erzählungen."

"Kannst du dich wirklich nicht erinnern?"

"Sie glauben mir ja doch nicht."

"Versuch es doch einfach. Ich bin in erster Linie für dich da. Nicht für deine Eltern."

Alex musste sich eingestehen, dass es sich ehrlich anhörte.

"Wenn du mir sagst, dass du dich nicht erinnern kannst, dann werde ich es dir glauben. Und?"

"Und was?"

"Kannst du dich erinnern?"

"Nein."

"Was ist denn das Letzte, was du weißt?"

"Dass mich der Bademeister ausgeschimpft hat."

"Wieso hat er dich ausgeschimpft?"

"Er hat gesagt, ich sei vom Beckenrand ins Wasser gehüpft. Und wenn ich es nochmal machen würde, dann müsste ich das Freibad verlassen."

Sie machte eine Pause.

"Aber ich war es gar nicht. Ich bin über die Treppe hinein, so wie man es soll. Ich habe ihm gesagt, dass es nicht stimmt und dass das unfair ist, mich für etwas zu auszuschimpfen, das ich gar nicht getan habe."

"Warum meinst du, hat er das gemacht?"

Erneut zuckte Dr. Karmeyers rechtes Augenlid.

Alex war erstaunt. Anders als ihre Eltern schien er ihr tatsächlich zu glauben. Er wirkte sehr einfühlsam. Sie spürte, wie ihr Widerstand bröckelte.

"Vielleicht hat er mich mit Sandra verwechselt. Sie geht mit mir in eine Klasse und war auch beim Baden. Frau Fuchs, unsere Lehrerin, kann uns oft nicht auseinanderhalten, wenn wir nicht auf unserem Platz sitzen. Sandra sieht mir sehr ähnlich. Und sie springt oft vom Rand aus hinein, wenn der Bademeister nicht hinsieht."

"Hast du das dem Bademeister erzählt?"

"Es ist mir erst gestern Abend im Bett eingefallen, dass er Sandra gemeint haben könnte. Ich habe sehr geweint und konnte lange nicht einschlafen."

"Und was ist nach dem Streit mit dem Bademeister passiert?"

Alex zuckte die Schultern.

"Danach weiß ich erst wieder, dass ich am Beckenrand stand und auf der Wasseroberfläche jede Menge Öl schwamm."

"Das war über eine Stunde später."

"Ja, das haben Mama und Papa auch gesagt."

"Du warst in der Zeit in einem Supermarkt, hast eine Flasche Sonnenblumenöl gekauft, bist zurück ins Schwimmbad und hast das Öl ins Becken gekippt."

Am liebsten hätte sie widersprochen, aber sie konnte es nicht. Sie wusste nicht, ob sie es gewesen war.

"Hattest du Rachegefühle gegen den Bademeister, nachdem er dich zur Rede gestellt hatte?"

Das wollte sie Dr. Karmeyer nicht eingestehen. "Es war einfach so ungerecht", sagte sie stattdessen.

"Deine Eltern haben mir auch von Peter erzählt."

War ja klar ...

"Es ist nicht ungewöhnlich in deinem Alter, dass man sich einen Freund einbildet."

Alex biss sich auf die Unterlippe.

Und wieder blinzelte er. Er schien das als eine Art Aufmunterung einzusetzen.

Nein, über Peter wollte sie nicht reden.

"Haben Sie ein Augenleiden?"

Sie hatte ihn provozieren wollen. Überraschenderweise lachte er laut auf.

Es dauerte drei Sitzungen, bis ihre Gegenwehr völlig erlahmte.

Dann erzählte sie ihm von Peter.

39. Kapitel

"..., dass es mich gar nicht gibt", vollendete der Junge auf der Treppe seinen Satz.

"Ja", antwortete Alex kurz und knapp.

"Er hat gelogen!"

Peter schien nicht nachtragend zu sein, denn er grinste übers ganze Gesicht.

"Nicht, was die Fugues betrifft", widersprach sie. Sie befand sich immer noch im Körper ihres jugendlichen Ichs. Und plötzlich wuchs sie, genau wie Alice, nachdem sie einen Schluck aus dem Fläschchen mit dem Etikett 'Trink mich' geleert hatte.

"In den folgenden Jahren hast du jegliche Erinnerung an mich aus deinem Bewusstsein verbannt", sagte Peter vorwurfsvoll, während auch er ein ganzes Stück größer wurde.

Beide waren sie keine Kinder mehr, aber immer noch keine Erwachsenen.

"Sind wir uns denn auch weiterhin begegnet?"

"Oh ja."

"Wann?"

"In deinen Fugues. Dr. Karmeyer hat dich von meiner Nichtexistenz überzeugt und so hast du mich nie wieder bewusst erlebt."

"Ich hatte etwa zwanzig Fugues in meiner Jugendzeit."

"Und in jeder war ich bei dir."

"Bei meiner letzten hat man mich im Wald auf einem Hochsitz gefunden."

"Komm, wir reisen noch einmal dorthin zurück."

Er streckte ihr seine Hand entgegen. Erst zögerte sie, doch dann ergriff sie diese.

Es fühlte sich gut an.

Und doch wollte sie ihn und die Fugues endlich loswerden.

Er hatte sie hierher auf den Hochsitz geführt.

"Dort oben haben wir unsere Ruhe", hatte er gesagt, denn er hatte gespürt, dass ihr etwas auf der Seele lag.

Ein Specht klopfte weit entfernt an einen Baum. Ein Vogel, den Alex nicht identifizieren konnte, trällerte vor sich hin, und gelegentlich antwortete ihm ein Artgenosse.

Ein sanfter Wind ließ das Laub der Bäume des Mischwaldes leise rascheln. Unterhalb des Hochsitzes befand sich eine Krähe im Unterholz auf Nahrungssuche.

Ja, hier war der richtige Ort für die Aussprache.

Am besten kam sie gleich zur Sache.

"Ich möchte, dass du mich verlässt, Peter."

Alex war jetzt siebzehn, kein kleines Kind mehr, an der Schwelle zur Frau. Sie wollte ihre Schule abschließen und dann, falls ihre Zensuren es hergaben, studieren.

Und sie wollte endlich ihre Poriomanie loswerden.

Peter war der Schlüssel dazu.

Er wirkte erstaunt. "Aber warum denn?"

"Du tust mir nicht gut. Ich glaube, dass du die Ursache dafür bist, dass ich diese Erinnerungslücken habe. Ich möchte einfach ein normales, selbstbestimmtes Leben führen. Vielleicht irgendwann den richtigen Mann finden, heiraten und Kinder kriegen. Und ich möchte 'normal' für ihn sein."

"Ich war immer für dich da, Alex. Ich verstehe das nicht. Du hast mich gerufen und ich bin gekommen und habe dir geholfen."

"Ich habe gerufen?" Alex schüttelte den Kopf.

"Du warst traurig. Weil man dich ungerecht behandelte. Denk an damals, an Emma oder an Frau Böse oder an vorhin an den Busfahrer, der dir einfach vor der Nase weggefahren ist."

"Aber ich habe dich nicht gerufen", widersprach Alex.
"Was dann?"
"Ich war traurig oder zornig und du hast entschieden, mir zu helfen. Ich habe dich nicht darum gebeten."
Peter wirkte enttäuscht.
"Aber ich habe dich in Schutz genommen und war für dich da."
"Du hast mich zur Rache angestachelt. Zu Streichen."
"Na, komm schon. Das waren deine eigenen Ideen. Ich habe dich immer nur bestärkt."
"Du hast mich in Schwierigkeiten gebracht."
"Aber das wollte ich doch nicht. Niemals."
"Siehst du. Du gibst zu, dass du mir Probleme verursacht hast."
"Das stimmt überhaupt nicht", er wurde lauter. "Das kam alles aus dir selbst."
Sie hob ihre Stimme ebenfalls an.
"Ich habe einiges gelesen über Kinder, die imaginäre Freunde hatten. Da stand, man muss sich ihnen entgegenstellen, um sie loszuwerden."
"Du willst mich loswerden?", rief er. "Wie ein altes Spielzeug, das man nicht mehr braucht, weil man erwachsen geworden ist?"
"Genau so!"
"Hallo?", jemand rief von unten herauf, doch Alex ignorierte die Stimme.
"Nein, Alex, ich habe mein Leben für dich hergegeben und jetzt willst du mich einfach wegschicken?" Er ballte seine Hände zu Fäusten und stampfte so fest mit dem rechten Fuß auf, dass der ganze Hochsitz wackelte.
"Lass das! Das ist alles sehr instabil."
"Du kannst mir nicht vorschreiben, was ich zu tun habe", kreischte er und wirkte einmal mehr wie die Figur aus dem Märchen, nach der sie ihn damals bei der ersten

Begegnung benannt hatte.

"Doch, das kann ich, denn du existierst nur in meiner Fantasie. Und es ist krank. Ich will nicht wegen dir in der Klapse enden."

Peter standen die Tränen in den Augen.

"Das kannst du doch nicht machen, Alex."

Er tat ihr leid und doch wurde ihr in diesem Augenblick klar, dass sie tatsächlich die Macht hatte, ihn verschwinden zu lassen und ein normales Leben zu führen.

Sie entschied sich für das Ende mit Schrecken.

"Ich möchte, dass du gehst! Jetzt!", sagte sie resolut. "Du Rumpelstilzchen!"

Und Peter verblasste.

Zuerst sah sie nur die Laub- und Nadelbäume hinter ihm durch seinen Körper hindurchschimmern, doch bereits nach wenigen Sekunden war er völlig durchsichtig, bis er schließlich ganz fort war.

Jetzt weinte auch sie.

Den Mann, der zu ihr auf den Hochsitz kletterte und sie behutsam hinabführte, nahm sie nur unbewusst war.

Es fühlte sich für sie an, als habe sie gerade einen Teil ihrer Seele zerstört.

40. Kapitel

Wie Alex erkannte, standen Peter und sie immer noch händchenhaltend auf der Treppe. Bereits im nächsten Moment fielen sie sich in die Arme.

Sie weinten gemeinsam, doch seine Nähe tröstete sie.

"Ich habe dich über Jahre deiner Wege gehen lassen", schluchzte er.

"Ich weiß."

"Aber als Milo starb, konnte ich dich in deinem Kummer nicht allein lassen."

"Peter?"

"Ja?"

"Vielleicht habe ich doch nach dir gerufen."

Er nickte.

Als sie ihn nach all der Zeit wiedersah, die nach dem Disput auf dem Hochsitz vergangen war, stand er neben der Eiche im Stadtpark. Genau an der Stelle, an der Milo sein Leben gelassen hatte.

Wie jeden Tag war sie hierher gekommen. Es war wie ein Zwang, Als könne sie noch einmal mit Milo vereint sein. Als könne sie an diesem Ort seine Seele spüren. Hier, wo er sie ausgehaucht hatte.

Wann würden die Schmerzen in ihrem Herzen endlich aufhören?

Gestern noch war der Bereich um den mächtigen Baum herum mit einem rotweißen Absperrband der Polizei gesichert gewesen.

Nun war es fort und alles sah aus wie früher. Als hätte es Milos Ermordung nie gegeben.

Und da wartete er heute auf sie: Peter.

Anders als sein Namensgeber Peter Pan war ihr Peter doch erwachsen geworden.

Er sagte nichts und breitete einfach seine Arme aus.

Ganz instinktiv nahm sie sein Angebot an.

So, sich gegenseitig drückend, standen sie mehrere Minuten lang und schwiegen.

"Es tut mir leid, dass ich dich damals so oft in Schwierigkeiten gebracht habe", begann Peter leise.

Sie sagte nichts. Es war ebenso ihre eigene Schuld gewesen.

"Und es tut mir unendlich leid, was mit Milo passiert ist."

Er kannte Milo?

"Ich bin immer bei dir geblieben."

Warum hatte sie ihn nicht mehr gespürt?

"Du wolltest mich nicht spüren. Du hast mich in die hinterste Ecke deines Unterbewusstseins verbannt. Und das war gut so."

Wieso?

"Weil Milo für dich wichtiger und besser war, als ich jemals sein konnte."

Wo ist Milo jetzt? Ist er bei dir?

"Ich würde dich gerne trösten, glaub es mir. Dass er an einem besseren Ort ist. Dass er dort auf dich wartet. Aber ich weiß genauso wenig wie du selbst, wo er ist."

Trotz dieser enttäuschenden Antwort fühlte sie, wie unglaublich gut es ihr tat, dass Peter in ihr Leben zurückkehrte.

Nach diesem ersten Wiedersehen kam sie in den nächsten Wochen auch weiterhin täglich zu der Eiche. Und immer wartete Peter bereits.

Es war nicht nötig, viele Worte mit ihm zu wechseln, sie verstanden sich ohne.

Seine Nähe tat ihr gut. Sie tröstete und beruhigte.

Ganz allmählich führte Peter sie ins Leben zurück. Er half ihr, ihr Schicksal anzunehmen.

"Man muss immer einmal öfter aufstehen, als man hingefallen ist", hörte sie erneut Milos Stimme in ihren Gedanken. Einem Mantra gleich rezitierte sie den Satz laut, immer und immer wieder.

Sie wusste, dass Peter nicht existierte und doch blieb er ihre wichtigste Bezugsperson.

Bis zu dem Tag, an dem Dominik in ihr Leben trat.

Peter hatte von Anfang an etwas gegen ihn. Und er ließ es sie spüren.

41. Kapitel

Alex löste sich aus Peters Armen und sah ihm direkt in die Augen.

"Du sagst, du bist mein Freund."

"Das sage ich nicht nur. Ich bin es."

"Dann hilf mir heraus aus diesem Alptraum."

"Das tue ich bereits, Schwesterherz."

"Kommt mir nicht so vor."

"Ich führe dich zurück. Zu Ereignissen, die du bewusst erlebt hast, und zu anderen, an die du dich nicht mehr erinnern kannst."

"Wieso machst du das?"

"Weil ich es kann", jetzt grinste er frech und sein Gesichtsausdruck wirkte wieder so wie der des kleinen Jungen, der sie zu Streichen angestiftet hatte. "Und weil ich dein Leben lang bei dir gewesen bin."

Sie überlegte.

"Du nennst mich 'Schwesterherz'."

"Weil du es bist."

"Meine Mutter und mein Vater im Krankenhaus." Sie dachte an das vorhin Erlebte.

"Unsere Mutter und unser Vater", berichtigte er sie.

"Aber du hast nie gelebt!"

"Wann beginnt das Leben und wann endet es? Darüber streiten sich seit Jahrhunderten die Philosophen, die Mediziner und die Geistlichen."

"Du bist noch im Mutterleib gestorben."

"Stände ich dann hier?"

"Ich weiß ja nicht einmal, ob ich hier stehe."

"Gutes Argument."

"Wo bin ich hier eigentlich?"

"Weißt du es immer noch nicht?"

"Ich habe keine Lust mehr auf Rätselspiele."

"Oh, wir haben es bald hinter uns. Auf die eine oder auf die andere Art und Weise."

"Bitte hör auf und hilf mir endlich, wenn du mein Freund bist – und mein Bruder."

"Weißt du eigentlich, dass du meinen Namen trägst?"

Sie sagte nichts, denn sie wollte Antworten erhalten, keine weiteren Fragen.

"Ich sollte Alexander heißen und du Petra."

Jetzt konnte sie doch nicht an sich halten: "Petra?"

"Du hast mir unbewusst den richtigen Namen gegeben, beziehungsweise den, der deiner hätte werden sollen."

"Woher weißt du das?"

"Mama und Papa haben sich darüber unterhalten."

"Wann?"

"Kurz nachdem sie erfahren hatten, dass sie Zwillinge bekommen."

"Und du hast das gehört?"

"Du hast es ebenfalls gehört."

Obwohl sie ihm nicht so recht glaubte, ergab alles einen Sinn.

Da fiel ihr etwas ein: "Das Pappschildchen, das an meiner großen Zehe hing. Der Name könnte auch 'Alexander' heißen. Ist es meins oder deins?"

Er zuckte mit den Schultern.

"Ich bin mit dir zur Welt gekommen. Aber welches ist mein Todestag? Steht er schon fest?"

"Er war unleserlich."

"Alexandra?"

"Ja?"

"Ich glaube, du musst dich beeilen."

"Warum?"

"Damit er nicht leserlich wird."

42. Kapitel

Peter kniff die Augen zusammen.

"Kannst du dich noch an den Tag erinnern, als du Dominik zum ersten Mal begegnet bist?"

"Ja", sagte sie. "Natürlich. Ich stand an Milos Grab. Dominik hat mich von hinten beobachtet. Er ..."

"Falsch!", unterbrach Peter rüde. "Es war völlig anders!"

"Entschuldigung", hörte Alex hinter sich eine Stimme. "Mit wem reden Sie?"

Als sie sich umdrehte, stand sie Dominik gegenüber, aber sie kannte ihn zu diesem Zeitpunkt noch nicht.

Beide standen sie auf der Wiese im Stadtpark, unmittelbar neben der Eiche. Eben noch war Peter bei ihr gewesen. Sie drehte sich um sich selbst und sah umher: Nirgends auch nur die geringste Spur von Peter; auch hinter der Eiche hatte er sich nicht versteckt.

Er war einfach weg.

"Hier ist niemand", sagte der Fremde. "Niemand außer uns."

Es wurde ihr peinlich und sie spürte, wie ihr Röte in die Wangen schoss.

"Ich habe Sie gestern schon einmal hier gesehen. Da haben Sie ebenfalls Selbstgespräche geführt. Ich habe Sie angesprochen und Sie haben reagiert wie gerade eben. Ist alles in Ordnung?"

Alex hatte die große Liebe ihres Lebens verloren und ihren Vater. Ihre Mutter hatte genügend mit sich selbst zu tun und konnte ihr keine Unterstützung sein. Und zu allem Übel war diese verdammte Poriomanie, der Schrecken ihrer Jugendzeit, in ihr Leben zurückgekehrt.

Nichts war in Ordnung!

"Es geht schon", sagte sie. "Kein Grund, sich Sorgen zu

machen."

"Ich wollte mich keinesfalls einmischen und verstehen Sie es bitte nicht als eine Art Anmache. Aber Sie wirken traurig und es fällt mir schwer, an traurigen Menschen vorüberzugehen. Ich habe dann das Bedürfnis zu helfen."

"Sie sind aber kein Pfarrer, oder?"

Der Mann lachte laut auf. "Nein, Gott bewahre."

Sie ertappte sich dabei, dass sie wegen des Wortspiels schmunzelte.

Zum ersten Mal seit …, seit es passiert war.

"Ich möchte keinesfalls indiskret sein, aber waren Sie verwandt mit dem Opfer?"

Natürlich wusste der Fremde, was hier geschehen war. Alle Zeitungen hatten darüber berichtet. Die Polizei hatte über mehrere Tage den ganzen Parkbereich um die Eiche mit einem Band abgesperrt.

"Er ist mein Mann."

Sie sprach von ihm, als sei er noch hier.

"Es tut mir sehr leid."

Das Wort 'Danke.' kam ihr nicht über die Lippen. Sie wollte kein Beileid, sie wollte Milo!

"Möchten Sie lieber allein sein?"

Nein, natürlich nicht.

Sie nickte zaghaft.

Am nächsten Tag fand sie wieder Trost bei Peter an der Eiche und wieder tauchte der Fremde auf. Es fühlte sich an wie ein Déjà-vu, aber sie konnte sich weder an die Begegnung am Vortag noch an die von vorgestern erinnern.

"Ich war dabei", sagte Peter, Alex hörte ihn in ihren Gedanken. "Alle sechs Mal."

Sechs Mal?, fragte sie ihn, ohne es auszusprechen.

"Sechs Tage hintereinander. Für dich war es immer die erste Begegnung. Dominik wusste das. Er wurde von Mal

138

zu Mal feinfühliger. Wann hat man schon die Chance, ein erstes Gespräch mit jemandem immer wieder aufs Neue zu führen? Zu wissen, was das Gegenüber hören möchte?"

Sie musste zugeben, dass sie Dominik – bei all der Trauer um Milo – nicht als unattraktiv empfand. Einen solch empathischen Mann hatte sie bislang nur einmal kennengelernt. Er strahlte ein gesundes Maß an Selbstbewusstsein aus, das hatte er mit Milo gemeinsam. Ihr eigenes hätte durchaus etwas größer sein können. Milo hatte Zeit seines Lebens versucht, es aufzubauen.

Optisch glichen sich die beiden Männer dagegen überhaupt nicht. Dominik war sicher einen Meter fünfundachtzig und damit mindestens zehn Zentimeter größer als Milo. Milo hatte sein dunkelbraunes Haar halblang getragen und einen Dreitagebart, Dominiks blondes Haar war kurz geschnitten, sein Kinn glattrasiert. Und dennoch sprachen beide ihr Herz an.

"Mit dem stimmt etwas nicht", warnte Peter, nachdem sie Dominik zum fünften Mal begegnet war. "Glaub es mir."

"Nein, er ist nur ganz besonders einfühlsam. Er hat erkannt, woran ich leide, und er nimmt Rücksicht darauf."

"Dein Bewusstsein verdrängt ihn genauso wie mich. Insbesondere die Begegnungen an der Eiche."

"Es lässt noch keinen anderen Mann zu. So einfach ist das."

"Milo würde das nicht gutheißen."

"Milo hätte gewollt, dass ich lebe und glücklich bin."

"Warum lässt du den Mann dann nicht in dein Bewusstsein, sondern verdrängst die Begegnungen mit ihm? Tief in deinem Inneren spürst du, dass er dir nicht gut tut. Wenn du auf ihn triffst, wird es immer zu einer Erinnerungslücke."

"So wie bei dir? Tust du mir etwa auch nicht gut?"

Sie hatte das nicht sagen wollen. Es waren die ersten Misstöne, seitdem Peter wieder in ihrem Leben aufgetaucht war. Sofort tat es ihr leid.

Auf Peters Gesicht zeigte sich Zorn.

Er war zurück, erkannte Alex, der alte Peter. Der, der sie zu Streichen angestachelt und sie in Schwierigkeiten gebracht hatte. Der, den sie nur mit der Hilfe von Dr. Karmeyer hatte besiegen können.

"Ich möchte, dass du dich von ihm fernhältst", forderte er.

"Du hast mir gar nichts vorzuschreiben."

"Es ist nur zu deinem Besten!"

"Jetzt weiß ich es: Du bist eifersüchtig. Deswegen hast du dich all die Jahre nicht blicken lassen. Du warst auch auf Milo eifersüchtig. Und kaum ist er unter der Erde, tauchst du wieder auf."

"Das ist nicht wahr, Alex, und das weißt du. Und es ist unfair!"

"Entschuldigung", hörte sie jemanden sagen. "Mit wem reden Sie?"

Erneut begegnete sie Dominik zum ersten Mal.

43. Kapitel

"Er hat dir angemerkt, ob du in einer Fugue warst oder nicht", behauptete Peter im Treppenhaus.

"Woher willst du das wissen?"

"Weil er sein weiteres Vorgehen danach ausgerichtet hat."

"Wieso? Was ist danach passiert?"

"Er hat dich um den Finger gewickelt."

"Wieso habe ich ihn bei den ersten Begegnungen nicht wiedererkannt?"

Peter hob die Augenbrauen.

"Wer versteht schon dein Unterbewusstsein? Und ich bin darin auch nur ein Gast."

Poriomanie sei auch für die Wissenschaft ein weitgehend unerforschtes Krankheitsbild, hatte Dr. Karmeyer damals zu ihr gesagt, und das Ausmaß des Gedächtnisverlustes Schwankungen unterlegen.

"Zumindest scheine ich mich innerhalb der Fugues an dich erinnert zu haben."

"Dein Unterbewusstsein wollte dich vor ihm beschützen", behauptete Peter. "Genau wie ich hat es begriffen, dass er Böses im Schilde führte."

"Aber er hat mir gut getan", sagte sie.

"Weil er es konnte. Denk noch einmal an den Film 'Und täglich grüßt das Murmeltier'. Genau wie der Hauptdarsteller darin konnte Dominik sich an deinen Bedürfnissen orientieren und sein Verhalten bei jeder neuerlichen Begegnung anpassen."

Peter machte eine Pause, dann sagte er mit ruhiger Stimme.

"Man muss immer einmal öfter aufstehen, als man hingefallen ist."

"Milos Lebensmotto. Und auch Melanies und Dominiks.

Was willst du mir damit sagen?"

"Es ist nur Milos. Dadurch, dass er es wiederholte, hat Dominik dich für sich gewonnen."

"Woher wusste er es?"

Doch sie ahnte bereits, worauf Peter hinauswollte: Sie hatte den Satz bei der Eiche immer wieder vor sich hin gesprochen. Das musste Dominik gehört haben.

"Warum soll er all das arrangiert haben?", fragte sie weiter.

"Denk an die Drohbriefe."

"Wegen Nina? Dafür konnte er doch nichts."

"Und wenn er bereits vorher gewusst hat, wie sie darauf reagieren wird, dass er sich täglich mit einer anderen Frau in dem Café am Friedhof trifft?"

"Nina war krankhaft eifersüchtig."

"Eben."

"Peter?", fragte sie leise.

"Ja?

"Habe ich Nina getötet?", flüsterte sie so leise, als könnte sie jemand belauschen.

"Was glaubst du denn?"

"Sie hat mich gehasst. Und ich weiß nicht, wie sich meine Persönlichkeit verändert, wenn ich in einer meiner Fugues bin. Sag du es mir!"

"Wir sind die Guten, Alex", meinte er lediglich, verschwand und machte Dominik Platz.

44. Kapitel

Erneut saß ihr Dominik in dem Café gegenüber bei einem Espresso. Die Kellnerin hatte den beiden einen Obstkuchen mit frischen Erdbeeren und Schlagsahne empfohlen. Doch Alex war der Appetit gründlich vergangen, nicht einmal auf Erdbeeren hatte sie heute Lust. Auch Dominik hatte dankend abgelehnt.

Sie befanden sich auf der Terrasse des Cafés unter einem Sonnenschirm, doch der Himmel verdunkelte sich, ein Gewitter kündigte sich an.

Ich kann mich an diesen Augenblick nicht erinnern, Peter, dachte sie.

Aber sie erhielt keine Antwort, geschweige denn eine Hilfe.

"Nachdem Nina gestern von ihrem Wochenendausflug nach New York zurückgekommen ist, konnte ich sie endlich wegen der Drohbriefe zur Rede stellen. Glaub mir, Alexandra, mir ist das unendlich unangenehm. Und peinlich dazu. Du hättest mir sofort etwas sagen sollen und nicht bis zum dritten Brief warten."

"Ich hatte gehofft, dass sie sich beruhigt", hörte Alex sich sagen.

"Das Gegenteil ist der Fall", Dominiks Stimme klang nicht vorwurfsvoll, eher bekümmert. Konnte er solch ein guter Schauspieler sein? "Ich habe Nina deswegen gleich gestern Abend zur Rede gestellt."

Alex unterbrach ihn nicht, ließ ihn reden.

"Sie streitet nichts ab."

Wenigstens etwas.

"Sie hat mir eine unglaubliche Szene gemacht. Und dich auf das Gröbste beschimpft."

Die Kraftausdrücke behielt er für sich. Alex konnte sie

sich denken und war ihm dankbar dafür, dass er sie verschwieg.

"Hattest du mir nicht gesagt, dass sie dir ein großer Trost war, als du in Trauer um Melanie warst?"

"Ja, und die ersten Monate mit ihr waren ganz wunderbar. Sonst hätte ich sie bestimmt nicht so rasch geheiratet."

Alex, bist du jemals am Grab seiner ersten Frau gewesen? Dominik hat dich zu Milos Grab begleitet, aber du hast dich zu keiner Zeit für das von Melanie interessiert.

Wer meldete sich hier zu Wort? Führte sie in Gedanken gerade Selbstgespräche oder versuchte Peter, sie zu beeinflussen?

Sie konnte sich tatsächlich nicht an Melanies Grab erinnern.

Aber das war kein Beweis, schließlich waren auch andere Dinge aus ihrem Gedächtnis verschwunden.

"Alex, hörst du mir zu?"

"Ja, klar, entschuldige bitte."

"Das erste Mal, dass dieser Charakterzug zum Vorschein kam, war mit Sophie. Ich hatte dir von meiner Arbeitskollegin erzählt."

Dominik sah sie fragend an und sie bestätigte.

"Nina hat mir hoch und heilig versprochen, dass so etwas nie wieder vorkommt."

"Vielleicht ist es doch besser, wenn wir uns nicht wiedersehen."

"Nein", sagte er resolut. "Auf gar keinen Fall! Ich habe schon wegen Sophie gekuscht. Ich muss auch mit anderen Frauen zusammen sein können, ohne dass mir meine Frau gleich eine Szene macht."

"Wie soll es dann weitergehen?"

"Ich möchte mich auch zukünftig mit dir treffen und ich möchte ebenfalls, dass sich meine Frau beruhigt. Ich liebe sie und ich möchte sie nicht verlieren."

Wieder klangen seine Worte ehrlich.

Alex wusste nicht, wem sie vertrauen sollte.

Peter oder Dominik?

War Peter selbst nur eifersüchtig? So wie diese Nina auf sie?

Oder spielte Dominik ihr tatsächlich etwas vor? Aber welche Absicht könnte er damit verfolgen?

"Sie hat eingewilligt, sich mit dir auszusprechen."

Alarmglocken schrillten.

Sie wollte sich auf keinen Fall mit dieser Frau treffen.

"Bitte, Alexandra, tu es mir zuliebe."

Er war für sie da gewesen, hatte sich um sie gekümmert und ihr Trost gespendet.

Konnte sie seine Bitte ausschlagen?

"Was soll ich ihr denn sagen?", fragte sie und erkannte gleichzeitig, dass die Frage einer Zustimmung gleichkam.

"Sei einfach du selbst. Erzähl ihr, dass du wegen Milo leidest. Das muss sie verstehen. Sie weiß, wie sehr ich um Melanie getrauert habe."

Die Melanie, die vielleicht gar nie existiert hatte ...

"Keine Sorge, ich werde dabei sein und vermitteln."

Alex hatte keine Ahnung, ob sie das eher beruhigen oder verunsichern sollte.

"Also gut", willigte sie schließlich ein.

45. Kapitel

Wie wenig Alex von Dominik und seinem Leben tatsächlich wusste, wurde ihr schlagartig klar, als sie mit ihm vor seinem Haus stand.

Es befand sich in einem noblen Teil der Stadt, in den Alex ihre Wege bisher selten geführt hatten.

Das Wort 'Haus' schien Alex deutlich untertrieben. Die zweistöckige Villa glich eher einem historischen Herrenhaus mit seinem breiten Treppenaufgang und den zwei überdimensionierten Balkonen auf der Frontseite. Über dem doppelflügeligen Eingangsportal zeugte ein Familienwappen von den aristokratischen Wurzeln der Erbauer: ein sich aufbäumendes Pferd mit aufgerissenem Maul und wehender Mähne, darunter in verschnörkelten Buchstaben die Worte 'Von Reyten'.

Die Villa erstrahlte in makellosem Weiß. Als hätte man die Fassade eben erst gestrichen oder zumindest gründlich geputzt. Davor stand ein Brunnen mit einem mannsgroßen, auf seiner Schwanzflosse stehenden Fisch, der in hohem Bogen Wasser spuckte; Alex konnte sich nicht erinnern, jemals etwas Vergleichbares an einem Privathaus gesehen zu haben.

Seitlich der Villa entdeckte sie einen Swimmingpool mit einer Seitenlänge von mindestens fünfundzwanzig Metern. Seine Oberfläche schimmerte im Sonnenlicht.

Überall im Garten Rabatten, blühend und duftend.

Manche der Blumen kannte Alex noch nicht einmal.

Das sah alles nicht so aus, als könnte es eine Hausfrau so nebenher in Ordnung halten.

Womit verdiente Dominik nochmal seinen Lebensunterhalt? Sachbearbeiter in einer Firma für elektronische Bauteile?

Arbeitete er dort zum Spaß?

Alex glaubte nicht, dass er es nötig hätte.

Moment mal, wieso hatte er eigentlich soviel Tagesfreizeit?

Warum konnte er sie jeden Tag am Friedhof treffen?

Sie selbst war von ihrem Psychologen, Dr. Hoffmann, arbeitsunfähig geschrieben worden. Zu Recht, denn sie hatte nach wie vor Probleme, klare Gedanken zu fassen. Alles drehte sich in ihrem Kopf um Milo und ihre Krankheit. Dazu kamen ihre stetig häufiger werdenden Aussetzer.

Hatte Dominik sie wegen seines Jobs angelogen?

Vielleicht aus Bescheidenheit, versuchte sie sich einzureden, er wollte nicht mit seinem Reichtum protzen.

"Möchtest du einen Kaffee?", fragte Dominik, nachdem sie eingetreten waren.

"Wollen wir nicht gleich mit Nina sprechen?"

"Sie kommt sicher bald herunter. Als ich vorhin gegangen bin, hat sie sich hingelegt. Sie leidet noch etwas unter dem Jetlag."

Eigentlich wollte Alex das Gespräch so rasch wie möglich hinter sich bringen, aber Nina zu drängen, war sicher kontraproduktiv. Also willigte sie ein.

Dominik führte sie in ein Esszimmer, das bereits halb so groß war wie Milos und ihre gesamte Wohnung. Eingerichtet war es im Landhausstil und Alex nahm an einer Tafel Platz, an der ein Dutzend Menschen bequem hätten speisen können. Alles sauber und ordentlich, nicht die Spur eines Staubpartikels, weder auf der Tischfläche noch auf einem der Schränke.

Dominik verschwand hinter einer Tür und schon bald hörte sie das typisch gurgelnde Geräusch eines Kaffeeautomaten.

Sie fühlte sich unwohl hier. Als wäre sie in fremdes

147

Revier eingedrungen.

Dominik kehrte zurück und stellte ein hohes Glas mit Kaffee vor ihr ab.

"Wir sollten besser warten, bis sie von alleine herunterkommt."

Irgend etwas stimmte hier nicht.

Sie rührte den Kaffee um und nahm einen großen Schluck.

Dominik wirkte so, als habe er Angst.

Angst vor seiner eigenen Frau?

"Was ist?", wollte er wissen.

"Warum fragst du?"

"Du hast eben das Gesicht verzogen."

Sie zuckte mit den Schultern und trank noch einmal.

"Ich weiß nicht. Vielleicht der Kaffee?"

"Schmeckt er dir nicht?"

"Doch, doch", sagte sie. "Aber da ist so ein Beigeschmack."

"Das sind spezielle Bohnen aus Äthiopien. Nina lässt sie sich extra aus einer niederländischen Rösterei schicken."

Nina fliegt zum Shoppen nach New York, Nina lässt sich exklusiven Kaffee aus den Niederlanden schicken.

Jetzt zählte Alex eins und eins zusammen: "Ist sie eine geborene 'Von Reyten'?"

"Sie ist immer noch eine", antwortete er. "Ich habe ihren Namen bei der Hochzeit angenommen."

Stimmt, sie hatte ihn nie nach seinem Nachnamen gefragt.

Dann gehörte die Villa also ihr.

Sie gähnte.

"Bist du müde?"

"Ja, seltsam. Ich habe vorhin am Friedhof bereits einen Kaffee getrunken und nun schon wieder einen. Eigentlich sollte ich munterer sein."

"Du siehst auch etwas blass aus."

Forderte der Stress der letzten Wochen nun doch seinen Tribut?

Wirkte sich die Angst vor dem anstehenden Gespräch mit Nina auf ihren Körper aus?

"Möchtest du dich hinlegen?"

Eigentlich wollte sie das nicht, sagte aber: "Vielleicht einen kurzen Moment."

"Wir haben im Obergeschoss ein Gästezimmer. Ich führe dich hin."

Was passierte hier gerade?

Was, wenn Nina sie so ertappte?

Im Gästezimmer auf einem Bett liegend.

Wollte Dominik einen Konflikt provozieren?

Warum?

Sie konnte sich nicht dagegen wehren, als er ihr aus dem Stuhl half. Dafür fühlte sie sich viel zu schwach. Er führte sie aus dem Esszimmer heraus zum Treppenhaus. Den breiten Aufgang und das extravagante Treppengeländer registrierte sie nur noch am Rande.

Alles verschwamm in ihrer Wahrnehmung.

Und plötzlich stand sie vor einer angelehnten Tür, vor deren Schwelle eine Pistole auf dem roten Teppichboden lag.

Dominik beugte sich mit ihr nach unten und sie konnte gar nicht anders, als danach zu greifen.

Dann stieß er die Tür auf.

Die Tür zum Schlafzimmer der Eheleute.

Nina lag dort. Auf dem Boden.

Nein, sie schlief nicht, sie war tot. Erschossen.

46. Kapitel

"Alex! Was hast du getan?", rief Dominik.

Auch diese Situation durchlebte sie ein weiteres Mal:

Nina, neben dem Bett liegend.

Eine offene Wunde in ihrer linken Brust.

Im ganzen Raum verstreut weiße Fetzen, die Überreste eines Kissens.

Als hätte jemand hindurch geschossen.

Über dem Kopfende des Bettes ein Portrait der Jungfrau Maria; sie lächelte Alex gütig entgegen.

Ihr dröhnte der Kopf.

Sie war müde, sehr müde.

Warum?

Sie sah zu ihrer rechten Hand. Ihre Finger wurden schlaff und ließen die Pistole los, die scheppernd zu Boden fiel.

"Alex? Hörst du mich? Bist du bei dir?"

Dominiks und ihr Blick trafen sich. Dann wandte er sich der Toten zu.

"Nina", bestätigte er ihre Vermutung.

Fragen und Selbstzweifel prasselten auf Alex ein. Sie war viel zu erschöpft, um gegen sie anzukämpfen. Schließlich erlag sie ihnen und brach bewusstlos zusammen.

47. Kapitel

Erneut stand Alex Peter gegenüber, hinter ihm der Aufgang ins erste Stockwerk.

"Was geschah dann?"

"An dieser Stelle endet deine bewusste Wahrnehmung."

"Hier kann doch nicht Schluss sein. Zeig mir mehr. Meine Stunden, Tage, Wochen danach."

Sie hoffte inständigst, dass es diese Zeit gab, doch Peter zerstörte ihr Wunschdenken: "Es gibt nichts mehr. Wir sind am Ende angekommen."

Nein, damit konnte sie sich nicht zufrieden geben!

Sie erkannte, dass Peter immer bei ihr gewesen war. Zeit ihres gesamten Lebens. Ob sie fröhlich war oder trauerte. Ob sie wach war oder schlief. Auch hier in ihrer Ohnmacht.

Das nächste Kapitel: Er musste es ihr verraten!

"Da fehlt noch etwas", sagte sie voller Überzeugung. "Ich sehe es dir doch an. Du weißt mehr als ich. Du hast miterlebt, wie es weiterging."

"Du willst also durch meine Augen sehen?"

"Zeig es mir, bitte", flehte sie.

Und plötzlich erblickte sie sich selbst, wie sie auf dem Boden des Schlafzimmers lag, nur wenige Schritte entfernt von der toten Nina.

Sie schwebte über ihrem Körper, als habe Peters Seele ihn bereits verlassen.

Würde ihre eigene der seinen folgen?

Dominik packte sie an den Handgelenken und schleifte sie zurück durch die Zimmertür in den Flur. Als wäre sie ein Sack Mehl und kein menschliches Wesen. Draußen stoppte er nicht, sondern zerrte sie weiter. Er atmete schwer dabei.

Vor einer anderen Tür hielt er an, öffnete sie und zog erneut an Alex' Armen.

Alex erkannte, dass es sich um ein großes, luxuriös ausgestattetes Badezimmer handelte.

Es strengte Dominik kaum an, sie anzuheben und in die weiße Wanne zu legen.

In aller Ruhe ließ er Wasser einlaufen. Die Mühe, Alex zu entkleiden, machte er sich nicht.

Wieso wachte sie nicht auf?

Der Beigeschmack, fiel ihr ein, als sie Kaffee getrunken hatte.

Er hatte etwas hineingeschüttet, das sie müde machte.

Zuerst beobachtete Dominik nur, wie die Wanne voller und voller wurde. Nach einiger Zeit öffnete er einen Spiegelschrank und holte etwas daraus hervor.

Dann kehrte er zu Alex zurück, griff nach ihrem linken Arm und legte diesen auf den Wannenrand.

In seiner Rechten hielt er eine Rasierklinge. Mit ihr ritzte er Alex die Pulsadern am linken Handgelenk auf. Sofort strömte Blut daraus hervor. Alex' Arm rutschte ab und platschte aufs Wasser.

In aller Ruhe verließ Dominik das Badezimmer. Sie hörte ihn ein Lied pfeifen.

48. Kapitel

Alex fand sich und Peter im Treppenhaus wieder.

"Das war's!", sagte er lapidar.

"Was meinst du damit?"

"Mehr gibt es nicht. Sieh auf dein Handgelenk!"

Wieder kribbelte es an dieser Stelle und diesmal war die Wunde tatsächlich vorhanden. Blut tropfte aus der aufgeschlitzten Pulsader und Alex presste ihre Rechte darauf. Als sie zu Boden blickte, entdeckte sie dort das Pappschildchen. Die Blutstropfen waren exakt auf den Stellen gelandet, an der das Ende ihres Vornamens und ihr Sterbedatum geschrieben standen.

"Nein", widersprach sie. "Es muss doch weitergehen. Führ mich zurück. Zu dem, was danach passiert ist."

"Da kommt nichts mehr. Glaub es mir."

"Aber es kann doch jetzt nicht einfach vorbei sein."

Peter widersprach: "Das war dein Leben."

Alex deutete mit dem Kopf die Stufen hinauf.

"Aber was ist am Ende der Treppe?"

"Ach das!", meinte er und sagte gleichgültig: "Das ist nur symbolischer Natur. Dein Oberstübchen. Du warst ja nun dort."

Das durfte ja wohl nicht wahr sein. Die Treppe musste doch irgendwohin führen!

Alex streckte den Hals und versuchte, an Peter vorbeizublicken. Aber sie sah nichts außer unzähligen Stufen, die sich in der Unendlichkeit verloren.

"Warum bin ich dann hier? Wieso hast du mich zu all den Begebenheiten meines Lebens zurückgeführt?"

"Oh, das war nicht allein mein Verdienst. Ich habe dir lediglich assistiert. So wie früher."

"Ich verstehe immer noch nicht die Bedeutung von all

dem."

"Wirklich nicht? Ich glaube sehr wohl, dass du das tust. Du willst es nur nicht wahrhaben."

"Nein, ich weiß es wirklich nicht. Sag es mir, bitte!"

"Heißt es nicht gemeinhin, dass im Augenblick des Todes das eigene Leben wie ein Film an einem vorüberzieht?"

Endlich begriff sie.

"Soll das bedeuten, dass ich gerade sterbe?"

"Ja", sagte Peter.

Dann verschwand er. Diesmal für immer.

IV. Teil

Ins Licht!

49. Kapitel

Alex erwachte und fror.

Wieder lag sie auf dem Edelstahltisch des Leichenkühlraums.

"Peter?", fragte sie in die Dunkelheit, doch niemand antwortete ihr.

Sie fühlte sich einsam und elend.

Zudem war es erbärmlich kalt. Sie zitterte am ganzen Körper, als sie zum Lichtschalter hinüberging und ihn einschaltete.

Der Raum sah anders aus als sonst:

Alle sechs Schubladen standen geöffnet, Spind- und Zimmertür ebenso.

Zuerst ging sie zum Spind. Sie musste sich unbedingt etwas anziehen. Das Sweatshirt, das würde sie wärmen.

Zu ihrer Enttäuschung fand sie keinerlei Kleidungsstücke vor. Der Spind war leer. Sie sah an sich hinab: Dieses armselige, graue Kleidchen musste also ausreichen.

An ihrem Zehen hing das Pappschildchen. Sie bückte sich danach und entfernte es.

Es schien unverändert: Blutstropfen verdeckten das Todesdatum und sie konnte immer noch nicht erkennen, ob der Name darauf Alexandra oder Alexander lautete.

Sie nahm allen Mut zusammen und ging hinüber zu den Schubladen.

Die Leiche des Jungen hatte sich verwandelt. Ein Fötus lag an der Stelle des Toten. Trotz der geringen Größe konnte man bereits sehr gut erkennen, dass dies einmal ein menschliches Lebewesen hätte werden sollen.

So groß musste Alexander gewesen sein, als sie ihn im Leib ihrer Mutter in sich aufgenommen hatte.

In der zweiten Schublade ruhte Milo. Ihr geliebter Milo.

Sie verharrte kurz und kehrte in Gedanken zu ihm zurück. Wie fröhlich er gewesen war. Wie er sie immer wieder damit angesteckt hatte. Wie er sie geliebt hatte.

Sie war sein Ein und Alles gewesen. Und er das ihre.

Das würde bleiben. Für immer.

"Man muss immer einmal öfter aufstehen, als man hingefallen ist", flüsterte sie und während sie es aussprach, hatte sie für eine Sekunde das Gefühl, dass ihr Herz aussetzte.

Milo würde sich wünschen, dass sie lebte. Ja, das würde er wollen, ganz bestimmt.

In der dritten Schublade ihr Vater.

Auch er hatte ihr auf dem Sterbebett eine Botschaft mitgegeben.

"Du musst leben, Alex: leben!", wiederholte sie seine Worte und spürte erneut, dass ihr Herz für einen Moment zu schlagen aufhörte.

Sie wandte sich der linken Schublade der unteren Reihe zu: Diese war verwaist. Melanies Leiche existierte nicht mehr. Vermutlich hatte es Melanie nie gegeben. Nur in Alex' Fantasie, die Dominik permanent angefüttert hatte. Melanie existierte genausowenig wie Dominiks Kollegin Sophie und sein angeblicher Arbeitsplatz.

Nina dagegen, in der Mitte, sah mit der Wunde im Brustbereich unverändert aus.

Jetzt wusste Alex, dass Dominik Nina erschossen hatte und nicht sie selbst. Er hatte ihre Krankheit geschickt ausgenutzt, um sie als Mörderin dastehen zu lassen. Wahrscheinlich stammten noch nicht einmal die Drohbriefe von Nina. Ihre Eifersucht genauso erstunken und erlogen wie der Rest seiner Geschichte.

Nicht nur Alex selbst hätte sich für die Täterin halten sollen. Ihre Fingerabdrücke sollten später auf der Waffe gefunden werden. Und bei der Toten in der Badewanne sollte alles auf einen Selbstmord hindeuten. Die Täterin hatte sich nach dem Mord selbst gerichtet, so könnte die Polizei den Fall rasch abschließen. Die Beamten würden keine offenen Fragen haben und Dominik könnte sein Erbe antreten.

Alles lag plötzlich so klar vor Alex wie Ninas Leiche.

Ihr wurde schwarz vor Augen. Sie griff sich ans Herz. Fast wäre sie gefallen, doch sie konnte sich gerade noch an Ninas Schublade festhalten.

Was war los?

Ging es gerade tatsächlich zu Ende?

So, wie Peter es ihr prophezeit hatte?

"Peter, hörst du mich?", fragte sie zaghaft, erhielt aber auch diesmal keine Antwort.

Alex hatte Nina nie kennengelernt, doch sicherlich würde auch Nina wollen, dass sie weiterlebte.

Schon allein deswegen, um die Wahrheit ans Licht zu bringen. Die Wahrheit über Dominik. Er durfte damit keinesfalls durchkommen.

Die sechste und letzte Schublade war für sie selbst reserviert.

Alex hatte keinen Zweifel daran.

Und sie sah sehr einladend aus, das musste sie zugeben.

Das war also das Ziel, erkannte sie.

Einfach hineinkrabbeln, sich hinlegen und das Atmen aufhören. Ihr Herz, das immer wieder aussetzte, wie ein Motor, der stotterte, half ihr bereits bei der Entscheidungsfindung.

Es wäre herrlich, hier zu liegen. Ihr Vater in ihrer Nähe. Und vor allem Milo.

Im Tode vereint.

Sie tat es.

Sie stemmte sich hoch und kletterte hinein.

Bald schon würde sie auch diese elende Kälte nicht mehr

spüren.

Noch einmal setzte sie sich auf und befestigte das Pappschildchen wieder an ihrer großen Zehe. Nun war alles an seinem Platz. Da, wo es hingehörte.

Jetzt konnte sie sich ausstrecken und die Augen schließen.

Ja, ihr Leben war schön gewesen.

Sie hatte gelebt und sie hatte geliebt.

Sie verspürte große Dankbarkeit.

Sicher würde ihr Herz bald endgültig aufhören zu schlagen.

Alles war gut.

Und als sie noch einmal tief Luft holte und daran dachte, dass es wohl ihr letzter Atemzug sei, roch sie den Tod.

Sie hatte nicht damit gerechnet, dass er nach frischen Erdbeeren duftete ...

50. Kapitel

Alex erinnerte sich an die Erdbeerplantage vor den Toren der Stadt. Hier war sie als kleines Mädchen mit ihrer Mutter gewesen, viele Male während jeder Saison. Sie hatte Erdbeeren immer schon geliebt und sah vor ihrem geistigen Auge, wie sie als Kind zwischen den Pflanzenreihen entlangging und alles in sich hineinstopfte, was sie pflücken konnte. Und ihre Mutter lachte darüber, zückte ihr Taschentuch, beugte sich zu ihr und wischte Alex liebevoll den ganzen, klebrigen Erdbeersaft aus den Mundwinkeln.

Das waren gute Tage.

Auch ihre Mutter hatte damals das Leben genossen.

Was war passiert mit ihrer Mutter?

So viele Schicksalsschläge hatten ihr zugesetzt, ihre Persönlichkeit verändert und schließlich ihren Lebenswillen gebrochen.

Doch ihre Mutter könnte immer noch Freude haben. Zum Beispiel an ihrer Tochter. Zum Beispiel an Erdbeeren; ihre Mutter hatte sie doch ebenfalls geliebt.

Alex' Vater hatte oft gelästert, weil ihre Mutter beinahe jeden Samstag im Sommer einen Erdbeerkuchen gebacken hatte. Anschließend hatte er die Hälfte davon ganz allein aufgegessen. Ihrer Mutter war es nur selten gelungen, den Kuchen schnell genug in Sicherheit zu bringen.

Alex dachte an die obligatorische Kugel Erdbeereis, die ihre Eltern ihr bei der italienischen Eisdiele in der Innenstadt spendiert hatten, immer dann, wenn sie zum Einkaufen dorthin gefahren waren.

Später, als Alex erwachsen war, hatte sie die Tradition fortgeführt und sich die Kugel selbst gekauft. Bei jedem ihrer Shopping-Ausflüge war der Besuch der Eisdiele obligatorisch geblieben.

Gemeinsam mit Milo hatte sie den Geschmack von Erdbeerlimes entdeckt und sie hatten ihn in großen Mengen in ihrer Küche hergestellt. Der war lecker gewesen – und süffig.

Vielleicht sah die andere Seite aus wie ein riesiges Erdbeerfeld?

So, wie es die Beatles besungen hatten: Strawberry Fields Forever.

Möglicherweise bekam jeder dort das, was er am liebsten mochte.

Das Paradies.

Aber was, wenn nicht?

Wenn alles einfach hier und jetzt endete?

Sie dachte und fühlte.

Also lebte sie noch.

Und sie glaubte, den Erdbeerlimes auf der Zunge zu schmecken.

Plötzlich spürte sie auch die Wärme der Sonne auf ihrer Haut, der Sonne, die auf die Erdbeerplantage herabgestrahlt hatte in jenen guten Tagen.

Sollte es solche Tage wirklich nie wieder für sie geben?

Keine Sonne mehr? Keine Erdbeeren?

Sie schlug die Augen auf.

Im ersten Moment war sie enttäuscht.

Kein Wunderland. Kein zauberhaftes Land Oz. Keine unendliche Erdbeerplantage.

Immer noch ruhte sie in ihrer Schublade im Leichenkühlraum.

Doch etwas war anders.

Sie fror nicht mehr.

Ihre Gedanken an die herrlichen Sommertage wärmten sie.

Und der Geruch der Erdbeeren wurde immer intensiver.

Sie wollte wissen, woher er kam.

Sterben konnte sie auch später noch!

Also stand sie auf, ging zielstrebig zur offen stehenden Tür und trat hindurch.

Einem Instinkt folgend drehte sie sich um und entdeckte, dass sie vor einer Wand stand. Der Leichenkühlraum war fort. Dort wo die Tür gewesen war, befand sich nur noch eine kahle Wand. Als habe jemand im Bruchteil einer Sekunde die Tür zugemauert und die Fläche grau verputzt. Keine Rückkehrmöglichkeit mehr.

Im Gegensatz dazu war die Tür zu dem Badezimmer noch da.

Und der Gang nach rechts ebenfalls.

Aus dem Schlüsselloch kam der Duft, kein Zweifel.

Natürlich, es handelte sich um ihr Erdbeerschaumbad.

Wie schön wäre jetzt ein heißes Bad!

Noch ein letztes Mal im wohltemperierten Wasser liegen, sich ausstrecken und das wunderbare Aroma einatmen.

Sie bückte sich und sah durchs Schlüsselloch.

Aber das war nicht ihr Badezimmer!

Es war das von Nina!

Das, in dem Dominik ihr die Pulsadern aufgeschlitzt hatte.

Doch auch in diesem stand diese dicke Frau und sah ihr durchs Schlüsselloch entgegen, direkt in die Augen. So als wüsste sie, dass sie exakt in diesem Moment in den Raum blickte.

Wieder stockte ihr Herz.

Sie erschrak und streckte ihren Körper.

Dann atmete sie tief ein und aus.

Sogleich fühlte sich Alex wieder wohler und wagte es erneut, ins Badezimmer zu spähen.

Die dicke Frau krümmte wieder ihren rechten

Zeigefinger, als wolle sie Alex damit hereinlocken.

Ihre Gesichtszüge wirkten sehr ernst.

Aber was, wenn die fremde, grauhaarige Frau doch keine Hexe war und ihr gar nichts Böses wollte?

Bisher hatte sie dies gar nicht in Erwägung gezogen.

Vor wenigen Sekunden hatte sie noch den Tod gesucht: War es da nicht egal, ob die dicke Frau Freund oder Feind war? Ob Alex' Leben im Kühlraum oder in Ninas Badezimmer endete?

Sie erinnerte sich, dass Peter einen seltsamen Satz gesprochen hatte: "Die Oper ist erst zu Ende, wenn die dicke Frau gesungen hat."

Ihr wurde bewusst, dass sie nichts mehr zu verlieren hatte, und drückte beherzt die Klinke nach unten.

Die dicke Frau nickte ihr zu, als sie eintrat, und für einen kurzen Moment konnte Alex sogar ein Lächeln auf ihren Lippen erkennen.

In der rechten Hand hielt die Fremde wieder den Fön, den Alex schon einmal bei ihr gesehen hatte. Er war eingesteckt und summte.

Mit der Linken machte die Frau eine einladende Bewegung in Richtung der Badewanne: Alex sollte sich hineinlegen, mitten in den rosafarbenen Schaum.

Es dampfte.

Der Duft von heißem Wasser und von Erdbeeraroma lag in der Luft.

Warum nicht? Besser als ein kalter Edelstahltisch oder die Schublade in einem Kühlraum für Leichen war das allemal.

Sie zog sich das graue Kleidchen über den Kopf und ließ es einfach zu Boden fallen. Überraschenderweise verspürte sie vor der Fremden keine Scham.

Langsam aber zielstrebig schritt sie auf die Wanne zu.

Dann stieg sie über den Rand und legte sich ins Wasser.

Es fühlte sich so wunderbar an.

Sie genoss es. Die Wärme, den Duft, die Gemütlichkeit.

Ihr Handgelenk kribbelte und als sie dort hinsah, bemerkte sie ihre aufgeschlitzte Ader. Blut floss heraus und vermischte sich in Schlieren mit dem Badewasser.

Hilfesuchend blickte sie zu der dicken Frau auf.

Diese ließ just in diesem Augenblick den Fön ins Wasser fallen – und lächelte dabei.

51. Kapitel

So, wie Peter es gesagt hatte: Sie hatte wichtige Stationen ihres Lebens noch einmal gesehen und gelebt, sie selbst war die Hauptdarstellerin in diesem Film gewesen.

Ein Film, der alles andere als chronologisch abgelaufen war.

Alex kannte die Berichte von Menschen, die dem Tod gerade noch einmal von der Schippe gesprungen waren.

Danach erzählten diese Menschen von Licht, von Farben, von Düften.

All das erlebte sie jetzt.

Alle Farben des Regenbogens, hell und grell leuchtend; bunte Muster, die sich wechselseitig verschlangen, sich abschwächten und wieder erstarkten; geometrische Formen, die sich permanent wandelten; Spiralen, Fraktale und Strukturen ohne erkennbares System.

Alles, was sie jemals gerochen und als angenehm empfunden hatte, kulminierte in diesem Augenblick: blühende Rosen, Bienenhonig, edle Parfüme, frische Brötchen, eine Blumenwiese im Sommer, Milo. Und Erdbeeren.

Nein, sie wollte das alles nicht aufgeben.

Sie wollte leben!

Obwohl sie die Lichter und Farben bereits durch die geschlossenen Lider blendeten, öffnete sie mutig ihre Augen.

Sie blinzelte.

Durch die grelle Helligkeit hindurch erkannte sie die dicke Frau.

Sie stand immer noch neben der Badewanne und deutete jetzt auf die Tür.

Alex erhob sich; ihre Nacktheit störte sie nicht.

An der Luft fühlte es sich auf ihrer Haut genauso warm an wie in der Wanne.

Die dicke Frau und das graue Kleidchen auf dem Boden ignorierend, ging sie zur Tür hinaus, durch den Kellergang hindurch und die Treppe hinauf.

Die dritte Stufe knarzte.

Ja, sie kam nach Hause.

Im Erdgeschoss standen Milo, ihr Vater und die ihr unbekannte Nina.

Alle wirkten sie zufrieden. Mit sich selbst und mit Alex.

Wie gerne hätte sie Milo noch einmal in den Arm genommen und seine Nähe und Wärme gespürt, doch aus seinem Gesicht konnte sie lesen, dass er das nicht wollte.

Noch einmal hörte sie in Gedanken seine letzten Worte: "Alex. Ich wünsche dir viel Spaß."

Milo wollte, dass sie weiterging. Zu der nächsten Treppe.

Zu der, die in den ersten Stock führte.

Zu der, die der Junge so vehement bewacht hatte.

Aber Peter war nicht mehr da.

Er war verschwunden.

Alex wusste, dass er endgültig fort war und dass er ihr den Weg damit freigemacht hatte.

Sie ging die Stufen hinauf.

Immer weiter und weiter.

Oben empfing sie ein alles umfassendes Licht.

52. Kapitel

Alex fand sich in Ninas Badezimmer wieder, sie schwebte mitten im Raum.

Unter sich sah sie ihren Körper, doch er lag nicht mehr in der Wanne, in der sich das Wasser inzwischen mit reichlich Blut vermischt hatte, sondern davor, auf einem cremefarbenen Teppich. Das verletzte Handgelenk war mit irgend etwas umwickelt.

Wer sie herausgehoben und die Blutung gestoppt hatte, ließ sich leicht vermuten.

Die dicke Frau musste es gewesen sein, denn sie kniete neben ihr. Auf der anderen Seite von Alex' Körper beugte sich ein junger Mann über diesen.

Beide Personen trugen Einsatzkleidung des Roten Kreuzes und wirkten aufgeregt und hektisch.

Die Dicke hielt zwei flache Gegenstände in den Händen, die sie gerade auf Alex' Brust drückte.

Ein Stromschlag ging durch den Körper. Während er sich ruckartig aufbäumte, spürte sie selbst hier oben noch die elektrische Spannung. Also, schloss sie daraus, gab es immer noch eine Verbindung.

Die Zimmerlampe: War sie gerade eben auch schon dagewesen oder war Alex bereits weiter nach oben geschwebt und entfernte sich?

"Komm schon!" Zum ersten Mal hörte sie die dicke Frau sprechen. Ihre Stimme hörte sich sehr tief an, fast wie die eines Mannes.

"Ich drehe weiter auf", sagte ihr Gegenüber und drückte an einem kleinen, grauen Gerät auf einen Knopf, auf dem ein Pfeil nach oben zeigte.

Die beiden Gegenstände in den Händen der Grauhaarigen waren mittels Kabel an das Gerät angeschlossen, das in der Mitte ein Display besaß.

Elektroden, erkannte Alex jetzt, ein Defibrillator. Hatte der hohe Blutverlust zu einem Herzstillstand geführt?

Erneut zuckte der Körper und Alex schrie vor Schmerzen auf, doch nichts war zu hören.

Der junge Mann kontrollierte die Anzeigen auf dem kleinen Monitor und sprach: "Immer noch Kammerflimmern. Seit nun zwanzig Sekunden."

"Wir schaffen das", entgegnete die Frau und der Tonfall ihrer Stimme hörte sich nicht so an, als würde sie an ihren Worten zweifeln.

Doch Alex glitt weiter der Zimmerdecke entgegen.

"Mehr!", befahl die Dicke lautstark und der Mann drückte wieder auf die Taste, zwei Mal, drei Mal, vier Mal. Wieder presste die Frau die Elektroden auf Alex' Brust und wieder bäumte sich der Körper auf. Alex spürte unvorstellbare Schmerzen.

Nein, schrie sie innerlich auf, ich will das nicht.

Aber was will ich nicht?, fragte sie sich selbst.

Die Schmerzen? Dann musst du einfach nur loslassen, Alex, einfach nur loslassen, und sie werden für immer vorbei sein.

Nein, den Tod. Ihn will ich nicht!

Endlich war sie sich ihrer Sache sicher und der Sog nach oben endete. Alex fühlte sich frei, frei wie ein Vogel.

Sie könnte fliegen, wohin sie auch wollte.

Und sie wollte nur noch zurück. Zurück ins Leben.

In direkter Linie sank sie nach unten.

Und gerade, als die dicke Frau ein weiteres Mal Strom durch ihren Körper jagte, vereinigte sie sich wieder mit ihm.

Epilog

"Sie ist tot", sprach die Frau mit der tiefen Stimme.

"Haben Sie im Schlafzimmer etwas berührt?", fragte ein Mann.

"Nein."

"Gut. Die Kollegen von der Spurensicherung werden gleich hier sein."

Als er weitersprach, klangen seine Worte etwas lauter; er war also näher gekommen.

"Aber diese Frau hier ist sicher über den Berg, ja?"

"Garantien gibt es nicht. Aber wie es aussieht, stabilisieren sich ihre Werte bereits. Ich denke, sie ist außer Lebensgefahr."

Alex versuchte, etwas zu sehen.

"Ihre Augen flattern", stellte der Mann fest.

"Das ist ein gutes Zeichen."

"Vielleicht kommt sie bereits zu sich und kann uns erzählen, was hier passiert ist."

"Erwarten Sie nicht zu viel. Wir müssen auf jeden Fall behutsam mit ihr umgehen."

Aber Alex wollte sich mitteilen, jetzt.

Sie steckte all ihre Energie in ein einziges Wort und doch blieb es leise und kläglich: "Dominik."

"Hat sie etwas gesagt?", fragte der Mann.

"Hat sich beinahe so angehört."

Aufgrund des Schattens, der sich über ihre geschlossenen Lider schob, schlussfolgerte Alex, dass sich jemand über sie beugte.

Sie versuchte erneut, den Namen auszusprechen.

"Dominik", wiederholte die dicke Frau.

"Dominik von Reyten", bestätigte der Mann. "Die Tote im Schlafzimmer heißt Nina von Reyten. Sie war seine

Frau."

"Er war's", flüsterte Alex.

Es kostete sie sehr viel Kraft, doch schließlich gelang es ihr, die Augen zu öffnen.

Die Frau vom Roten Kreuz kniete immer noch bei ihr. Daneben stand ein hochgewachsener, schlanker Mann in Polizeiuniform. In der einen Hand hielt er Alex' Handtasche, in der anderen ein Plastikkärtchen, das er mit prüfendem Blick ansah. Danach musterte er ihr Gesicht.

"Sind Sie Frau Alexandra Wilke?"

Sie deutete ein Nicken an.

"Schonen Sie sich", hörte sie die Sanitäterin sagen.

Doch Alex wollte, dass der Polizist die Wahrheit kannte.

"Er hat sie erschossen!", brachte sie unter großer Anstrengung hervor.

"Dominik von Reyten?"

"Ja."

"Wir haben bereits versucht, ihn zu erreichen. Bislang ohne Erfolg."

"Er wollte mich auch umbringen."

Sie hustete, und ihr gesamter Körper schmerzte dabei.

Die Frau vom Roten Kreuz stand auf und stemmte ihre Fäuste in die Hüfte.

"Ich muss Sie nun wirklich bitten, Ihre Vernehmung auf später zu verschieben. Die Frau braucht Ruhe."

"In Ordnung", sagte der Polizist und wandte sich noch einmal an Alex: "Wir stellen Sie unter Polizeischutz. Und wenn es Ihnen besser geht, komme ich Sie besuchen."

Zwei Männer, ebenfalls in Uniformen des Roten Kreuzes, kamen herein. Sie führten eine Trage mit sich, die sie neben Alex auf den Badezimmerteppich legten.

"Vorsichtig", gemahnte die Sanitäterin.

"Sie hatten wirklich großes Glück", sagte sie dann zu

Alex, während die beiden Männer sie behutsam anhoben und auf die Trage hievten.

"Zuerst hatten wir den Anruf gar nicht ernst genommen."

Von welchem Anruf sprach sie?

"Bei so einem Namen denkt man natürlich zuerst an einen Witzbold."

Gab es Menschen, die Scherz-Anrufe beim Roten Kreuz machten?

"Sicherheitshalber sind wir dann doch losgefahren. Lieber einmal umsonst zu einem Unglück, das sich dann als Fehlalarm herausstellt, als zu riskieren, dass man jemandem nicht helfen kann, der in Not ist."

Die beiden Männer schnallten Alex fest und hoben sie dann an.

"Schon seltsam, dass er sich mit diesem Namen gemeldet hat."

"Mit was für einem Namen?", flüsterte Alex, während sie hinausgetragen wurde.

Die dicke Frau schüttelte amüsiert den Kopf und hob die Augenbrauen.

"Rumpelstilzchen", meinte sie dann. "Ich muss schon sagen: ein ungewöhnlicher Name für einen Schutzengel."

Alexandra lächelte, während die Sanitäter sie hinaustrugen.

"Danke", flüsterte sie und wusste dabei nicht, ob der Schutzengel sie hören konnte. "Danke, Alexander."

Liebe Leserinnen und Leser,

bei 'Zwanzig Sekunden Ewigkeit' handelt es sich um ein Herzensprojekt. Die Geschichte hat sehr lange in meinem Kopf umhergespukt und ich habe sie zugunsten anderer Projekte immer wieder nach hinten geschoben.
Wenn Sie beim Lesen genauso viel Freud' und Leid verspürt haben wie ich beim Schreiben, dann bin ich sehr zufrieden.

'Zwanzig Sekunden Ewigkeit' ist deutlich kürzer als meine bisherigen Romane, aber die Geschichte ist exakt so, wie ich sie erzählen wollte. Zusätzliche Handlungsstränge hätten den Roman nur unnötig aufgebläht und die Grundstory verwässert.

Falls Sie meine anderen Romane noch nicht kennen: Im Anschluss finden Sie noch eine kurze Leseprobe meines Romans 'Leide!' und Informationen zu 'Sterbenswort' und 'Nachschlag – Ich bin dein Herr und Mörder'.

Schreiben Sie mir gerne eine E-Mail an mail@siegfriedlanger.de oder befreunden Sie sich mit mir auf Facebook und teilen Sie mir mit, wie Ihnen 'Zwanzig Sekunden Ewigkeit' gefallen hat.
Ich freue mich über jede Rückmeldung und halte Sie dann auch gerne über künftige Romane auf dem Laufenden.

Zum Schluss dann noch vielen Dank an meine Testleser Dirk Müller-Hagen, Markus Collet, Matthias Habenicht und Monika Reichert.

Liebe Grüße aus dem Allgäu

Siegfried Langer

Leseprobe aus dem Roman 'Leide!'
von Siegfried Langer

Sabrina Lampe lehnte die Kaiser's-Plastiktüte unterhalb der Briefkästen an die Wand, damit sie nicht umkippen konnte. Danach öffnete sie die kleine Tür und es flogen ihr ein Anzeigenblatt, mehrere Supermarktprospekte und zwei Briefe entgegen. Sie bückte sich, um alles wieder aufzuheben. Beim einen Brief handelte es sich um eine Stromrechnung, der andere war ohne Absender.
Sie hatte eine Ahnung.
Mit dem Zeigefinger ritzte sie einen Schlitz ins Kuvert und fischte ein Blatt Papier heraus, das sie auseinanderfaltete.
Aus einer Zeitung ausgeschnittene Buchstaben formten eine Botschaft:

EINE LAMMPE LESST SICH AUCH AUSKNISPEN.
ICH BEOBACHDE DICH.

Als sie hinter sich ein Quietschen hörte, steckte sie das Blatt rasch zurück in den Umschlag.

„Ah, Sie waren bei Kaiser's."

Da wohnte ja noch eine weitere Detektivin im Haus. Es roch deutlich muffiger im Treppenhaus, seit Frau Schimmelpfeng ihre Wohnungstür geöffnet hatte.

„Plastiktüten. Sie wissen schon, dass die schlecht für unsere Umwelt sind, Frau Lampe?"

Ehe Sabrina reagieren konnte, fuhr Frau Schimmelpfeng bereits fort.

„Im Pazifik treibt bereits ein riesiger Plastikmüll-Strudel, größer wie Europa."

Größer als, dachte Sabrina, schwieg aber lieber.

„Kam erst letztens im Fernsehen. Wussten Sie das, Frau Lampe?"

Sabrina steckte Briefe und Prospekte schnell in ihre Handtasche und nahm ihre Tüte auf.

Hoffentlich kam die Schimmelpfeng nicht schon wieder darauf zu sprechen, dass Lara angeblich zu laut Musik hörte.

Frau Schimmelpfeng kniff die Augen zusammen.

„Gestern hat jemand Altglas mitsamt der Tüte in den Container geworfen. Das ist mir bei der Durchsicht des Mülls aufgefallen."

Wie wäre es mit einem Hobby, herzallerliebste Nachbarin?

Canasta. Rommé. Russisches Roulette.

„Die war auch von Kaiser's."

Frau Schimmelpfeng sah Sabrina vorwurfsvoll an.

„Ich war's nicht", sagte sie und ärgerte sich sogleich, dass sie sich in eine Rechtfertigungshaltung hatte treiben lassen.

Frau Schimmelpfeng sah nicht so aus, als ob sie ihr glauben wollte.

Sabrina wollte an ihr vorbei, in ihre Wohnung im ersten Stock; Frau Schimmelpfeng trat ihr in den Weg.

Hätte Sabrina eine Hand freigehabt, so hätte sie sich die Nase zugehalten.

Aus Frau Schimmelpfengs Wohnung roch es, als wäre dort eine Lepra-Kolonie.

„Aber das ist es nicht, warum ich Sie sprechen wollte."

Aha, also doch die Musik!

Täuschte sie sich, oder war gerade eben Frau Schimmelpfengs Gebiss hin und her gerutscht?

Sie verdrängte den Gedanken daran, starrte an der Nachbarin vorbei, nach oben ins Treppenhaus.

„Es geht um meinen Neffen."

Was? Die hat Verwandte? Ich habe noch nie welche gesehen.

„Er besucht mich nie."

Vermutlich weiß er nicht, wo er sich eine Atemschutzmaske und Ohrstöpsel besorgen kann.

„Aber wir telefonieren öfters."

Ja, das ist sicherer.

„Doch neuerdings wimmelt mich die Nadine immer ab."; sie sprach den Vornamen mit einem 'e' aus.

Mich wundert eher, dass sie keine Geheimnummer beantragt hat, dachte Sabrina.

„Ich war von Anfang an gegen die Heirat, auf mich hört ja keiner. Wie lange wohnen Sie jetzt hier, Frau Lampe? Zwei Jahre?"

„Sechs."

„Da kann man sich doch langsam vertrauen. Wir sind uns ja selten in die Quere gekommen."

Wie sagte schon Albert Einstein? Alles ist relativ!

„Sie sind doch Privatdetektivin, Frau Lampe."

Klar wusste sie das. Frau Schimmelpfeng wusste alles hier im Haus. Über jeden.

Sabrina nickte. Die Tüte wurde ihr zunehmend schwerer, Sabrina stellte sie wieder ab und lehnte sie gegen das Treppengeländer.

„Ich wusste zwar nicht, dass auch Frauen das lernen können, und Sie sahen mir schon immer etwas mickrig aus, aber ich dachte mir: besser als nichts."

Komplimente konnte sie verteilen, das musste man ihr lassen.

Frau Schimmelpfeng beugte sich nach vorn und ihr Atem erinnerte Sabrina an den des Spartaners.

„Wir müssen das nicht im Treppenhaus besprechen."

Sie rollte mit den Augen: „Es gibt Nachbarn, die lauschen."

Willkommen im Club!

Mit ihrer rechten Pranke griff Frau Schimmelpfeng nach dem Ärmel von Sabrinas Bluse.

„Kommen Sie doch kurz zu mir herein."

Nein!, schrie alles in Sabrina auf. Ich will da nicht hinein. Ich werde nie mehr daraus zurückkehren.

„Ähm, meine Tochter wartet. Wir wollten kochen."

Sie suchte nach einer weiteren Ausrede.

„Und danach ins Theater. Wir sind schon spät dran."

Bitte, lass meine Bluse los. Ich möchte dich nicht anfassen und deine dicken Finger lösen müssen.

„Sie hat Besuch."

„Wer? Nadine?"

Mist, jetzt hatte sie es ebenfalls mit einem 'e' ausgesprochen.

„Nein, Ihre Tochter. Laura."

„Lara."

177

„Ja, Laura."

„Dieser magere Junge ist nachmittags zu ihr nach oben. Sah mir nicht fürs Theater gekleidet aus."

Bitte, ich will einfach nur nach Hause!

Moment, Mojito war oben?

'Sturmfreie Bude' nutzen, Lara, ja?

Na, warte.

„Es ist mir sehr wichtig, Frau Lampe."

Sabrina verstand nicht.

„Mein Neffe."

Ach so, jetzt ging es wieder um den.

„Kommen Sie doch morgen früh gleich zu mir runter. Ich weiß, morgen ist Sonntag. Aber es ist wirklich dringend."

Trotz starken Widerwillens erkannte Sabrina Sorge in Frau Schimmelpfengs Blick, große Sorge.

„Also gut", sagte sie und bereute es im selben Augenblick.

Aber in die Lepra-Höhle bringen mich keine zehn Pferde.

„Besser, Sie kommen zu mir nach oben. Neun Uhr?"

„Ich stehe ja schon um halb sieben auf."

Ihre Blicke trafen sich und fochten ein Duell aus.

„Acht", lenkte Sabrina schließlich ein.

„Also gut", antwortete Frau Schimmelpfeng. „Ich trinke meinen Kaffee mit Süßstoff und fettarmer Milch."

Erst als Sabrina nickte, ließ die Nachbarin die Bluse los und trat einen Schritt zur Seite.

Rasch griff Sabrina ihre Tüte und drängte vorbei.

Als sie die halbe Treppe oben war, rief Frau Schimmelpfeng ihr etwas nach: „Ich bin dann um halb acht bei Ihnen!"

Sabrina kapitulierte.

Lesen Sie weiter im Roman **'Leide!'**.
Erhältlich als E-Book und als Taschenbuch (ISBN-10: 3957610087).

Sterbenswort
von Siegfried Langer

Zum wiederholten Male dringt jemand in Kathrins Abwesenheit in ihre Wohnung ein. Panik klettert in der jungen Mutter hoch.

Als dann noch ihre Tochter im Kindergarten von Kathrins totgeglaubtem Ex-Mitbewohner angesprochen wird, ahnt sie, dass etwas Schreckliches bevorsteht.

Wird die tragische Entscheidung, die sie und ihre Freunde damals in der WG getroffen haben, sie nun einholen?

Getrieben von Schuld und Rache beginnt ein dramatischer Wettlauf mit der Zeit, und zum ersten Mal in ihrem Leben muss sie die Kontrolle abgeben ...

Pressestimmen:

'Spannung bis zur letzten Seite!' (*Frau im Spiegel*)

'In *Sterbenswort* gelingt Langer ein Psychogramm des Schreckens, wobei der Autor fast ohne Blutvergießen seine Spannung aufbaut und hält. In leichtem, flüssigem Stil entwickelt Langer in dem Roman ein stimmiges Bild, das verdrängte Grauen dringt an die Oberfläche, ein Puzzleteil fügt sich zum anderen. Siegfried Langer gelingt es mit erstaunlicher Leichtigkeit, eine beklemmende Atmosphäre zu schaffen.' (*Gießener Anzeiger*)

Erhältlich als E-Book und als Taschenbuch.

Nachschlag – Ich bin dein Herr und Mörder
von Siegfried Langer

Bist du mutig?
Mutig genug, dich in ein Leben hineinzuversetzen, das dir fremd und bizarr erscheint?
Ein Leben, so viel anders als dein eigenes?
Ein Leben jenseits deiner Vorstellungskraft?

Könnte dein Arbeitskollege solch ein geheimes Doppelleben führen? Dein bester Freund? Dein Bruder?
Wage einen Blick in Kopf und Seele: Abgründe tun sich auf!

'Nachschlag' ist ein Thriller, der im Hier und Heute spielt, mitten in Deutschland.
Und dennoch führt er dich in eine parallele Gesellschaft.
In eine Gesellschaft der Obsession, der Sucht und des Verlangens.
Und doch auch in eine Gesellschaft voller Vertrauen,

Hingabe und Liebe.

'Leben und leben lassen', so lautet hier die Devise.
Aber wehe dem, der an den Falschen gerät, denn es geht
jemand um, der Leben nimmt.

Ist Björns Bruder Ole diesem Jemand ins Netz gegangen?
Seit Wochen hat sich Ole nicht mehr bei Björn gemeldet,
sein Briefkasten wurde seit Tagen nicht geleert, die
Lebensmittel im Kühlschrank sind verschimmelt.
Björn durchstöbert Briefe, Notizen, Visitenkarten.
Hilfreich wären die E-Mails seines Bruders; doch wie
lautet das Passwort des Accounts?
Als er es endlich herausfindet, erfährt er Dinge aus dem
Leben seines Bruders, die er nie für möglich gehalten
hätte.

'Nachschlag - Ich bin dein Herr und Mörder'
Mehr als ein Thriller.
Geheimnisvoll. Hart. Erhellend.

Stimmen zum Roman:

„Ein etwas anderer Thriller des Autors, gewohnt
temporeich und spannend, fesselnd und manchmal
düster. Ein Pageturner - empfehlenswert für
Thrillerfans!" (Martinas Buchwelten)

„Siegfried Langer ist mit „Nachschlag – ich bin Dein
Herr und Mörder" ein genialer Thriller gelungen,
spannend und abgründig, ein echter Pageturner."
(Seehases Lesewelt)

„So skeptisch ich anfangs angesichts der Thematik auch gewesen sein mochte - hier gibt es nichts Anstößiges oder Abstoßendes. Zwar werden auch einige sehr spezielle Vorlieben angeschnitten, doch ist das Ganze weniger voyeuristisch als eher um Verständnis und Toleranz werbend geschrieben. Auf diese Art präsentiert hat mir das Thema sogar gefallen .... insgesamt war es ein wieder einmal unterhaltsamer, spannender und interessant gestrickter Thriller aus der Feder Siegfried Langers. Gerne mehr davon!" (Litterae Artesque)

Erhältlich als E-Book und als Taschenbuch.